2072年から来た未来人と魂の教室

下巻

目次

第一章　大激動、大変革、大覚醒の新時代

第二章　愛で満たされる地球

第三章 新しい時代を、君たちはどう生きるか

第四章　この地球で生きる目的

第一章　大激動、大変革、大覚醒の新時代

首都東京が再び試された！


『Open the dimension door』

「・・・・」

ん？　声が小さいのかな？


歩は周りを見渡し、誰もいないことを確認した後、さっきより大きな声で叫んだ。

『Open the dimension door!!!』

「・・・・」

あれ？　こっちじゃなかったか。

今回は自信があったんだけどな……。


じゃあ、今度こそ！

『Dislocated expendence!!!』

「・・・・」

ビルの谷間に歩の声だけが響き渡った。

あれれ？
そんなはずはない！
この呪文は間違いないと思ったのに……。
いやー、おかしいなあ。
あのおっさん、たしかに言っていたよなあ。
「俺が希望すればいつでも会える」って。
でも、いくら呪文を唱えても現れないじゃないか。
もう36回目だぞ！

あれから、まったく音沙汰無いじゃないか。
あ～　もうやめた！
今日はもう、終わりにしよう!!

2027年5月のある金曜日、夕暮れ時のこと。

新宿にある高層ビルの屋上に歩はいた。

眩しすぎるほどの大きな夕陽が、新宿のビル群をオレンジ色に包み込んでいた。


「今日も一日が終わるな……。さてと、今度は呪文じゃなく、瞑想を試してみよう」


春の訪れを告げる夕暮れは、暖かな陽光が街全体を包み込んでいた。

爽やかで穏やかな気候と清々しく心地よい風が、まるで街全体が五月晴れの春の訪れを歓迎しているようだった。

彼はジャケットを脱ぎ、足早に人通りの多い繁華街の道を急いだ。


高層ビルの影が次第に短くなり、陽射しは街全体をやわらかな光で満たしていた。

ビジネスマンたちは週末の仕事帰り、公園のベンチでひと時の休息を楽しんだり、広場の片隅で演奏される音楽に耳を傾けていた。

公園のベンチで目を閉じ、軽く居眠りをする人やたばこを吸う人、小さな子どもと手を繋いで散歩をしている人々が、それぞれの時間を大切に過ごしているようだった。

ふと歩が目をやると、そこにはソプラノサックスを演奏する一人の若い男性がいた。

心地良い音色に誘われ、近づいて行くと、演奏に聴き入る人たちが数人そこにいた。

ソプラノサックスの音色は穏やかな風に乗り、その優美な旋律が広がりをもって通りかかる人々に、ほんのりとした心地よい空気を届けていた。


その時、鳥たちが一斉にざわめきだした。

不穏な空気が漂うかのように、鳥たちは騒がしく鳴り立て、群れを成して空を周回し始めた。

その姿はまるで黒い龍が舞い踊るかのように、集結していた。

鳴き声は何か重大な出来事を知らせようと、必死になっているかのようだった。

同時に、空の雲の形も先ほどとはだいぶ変わり、何かが起こる前触れのような違和感を感じた。

歩　？？？
何かがおかしい……。
風はないのに、異様なほど雲が速く動いている。
ん⁉　何なんだ⁉　これは……？

昔から勘が鋭いほうではあったが、明らかに何かがおかしいと感じていた。

ぼくは不思議に思いながら、嫌な予感がして急ぎ足を止め、立ち止まり、上空の流れる雲や鳥たちの動きをじっと眺めた。


しばらくすると……

「ピーーピーーピーーー！　ピーーピーーピーーー！」

突然、携帯電話の緊急地震速報が鳴り響いた。

歩
地震だ！！！！！！
こ、これは大きい！

そう思った瞬間、足元がぐらぐら揺れ始めた。

ゴゴゴゴゴオッ！

突然の強い揺れだ。

大きく、下から突き上げるような衝撃！

ぼくは思わずその場にしゃがみ、目をつむった。

頭がパニックになりそうだったが、なんとか正気を取り戻そうと目を開けた。

普通の地震なら、最初は小さい縦揺れを感じた後、少し経ってから大きな横揺れがやってくるものだが、今回の地震は、最初から大きな横揺れが襲ってきたようだ。

もしかすると、これは首都直下型の地震かもしれない……。

震源は比較的浅いはずだ！

しばらくして、揺れが落ち着いた時、辺りを見渡してみた。

目の前のコンビニの窓ガラスは割れて落ち、店内でしゃがみこんでいた人々が、揺れが収まったのを確認すると、我先にと無我夢中で外へと飛び出してきた。

コンビニの陳列棚から商品が崩れ落ちているのが外から確認できる。

窓の近くにいた人だろうか、血を流している人が見える。

どこからか叫び声も聞こえてくる。

駅前通りを走っていた車はハザードランプをつけ、身動きが取れずに停車しているのが見えた。

遠くでは、救急車のサイレンが鳴り響いている。

信号機や電信柱は、曲がっているようにも見える。

女性　こっちに来て！

突然、誰かが後ろからやってきて、俺の手を強く引っ張った。

痛っ！

そう感じた瞬間、背後にあった工事現場の仮設パネルと足場がすごい勢いで崩れてきた。

間一髪、鉄壁の下敷きになるのを免れたようだ。

あまりに一瞬の出来事だったので、事の大きさをまだよく飲み込めていない。

俺は息をのみ、目を丸くしたまま、つかまれた手の先に視線を向けた。


歩　ふっー。

……ありがとう、君のおかげでどうやら助かったみたい。

君、反射神経、すごいね……。


心臓がまだバクバクと鳴っている。

額に少し冷や汗を浮かべながら、俺は彼女にお礼を言った。

女性　首都直下型地震が予想より早まっている……。

彼女は俺の言葉を気にもせず、独り言のようにつぶやいた。
彼女も雲が気になるのか、空を凝視していた。
空には渦巻き状の雲がはっきりと残っていた。
その雲は、まるで天空に生まれたばかりの龍神が舞い上がるような形をしていた。
雲の渦巻く模様は深い灰色から始まり、徐々に透明な部分が混ざり合っているかのように見え、太陽の光がその複雑な層を透けて差し込んでいた。

歩　ん⁉　今、なんて？

女性　気にしないで！　独り言よ。

歩　あなたは、一体だれ？

女性　今はそんなことを話している場合ではないわ！　早くこっちへ。

彼女はまた、俺の手を強く引っ張ったかと思うと、急に走り出した。
走りながら彼女は大きな声で言った。

女性　これは前震なのよ‼

歩　え、前震？　まさか⁉
これが前震なら、本震は大変なことになる！
どういうことだ⁉

前震にしては大きいと思った。
本震はどうなってしまうのか。
津波は？
地盤沈下は？
列車は脱線しないだろうか？
ビルは倒壊しないだろうか？
木造住宅の火災は？
甚大な被害になるのではないかという様々な想像が、一瞬で脳裏を駆け巡った。
信じがたいと思う一方で、何か不思議な胸騒ぎがしていた。
俺を見つめる彼女の目は真剣だった。
しかし、なぜ彼女はそれを知っているかのように言うのだろうか？
まさか……。

女性 時間がないわ。今は走って逃げるのよ！ここは危険だわ。安全な場所がある。さあ急いで！

歩 う、うん。

俺には今の状況がまったくつかめていなかったが、とりあえず彼女について行くことにした。

途中、水道管の漏水だろうか、道路のマンホールから複数の場所で水が漏れ出しているのが見えた。

救急車と消防車が2台、3台と列をなして、俺たちの傍の大通りを通過していった……。

2072年の日本から来た女性

俺は、彼女の後をしばらく走った。
着いた場所は、新宿御苑内の大広場だった。

女性　ここにいれば、しばらくは安心よ。
ここはいずれ、避難所になるわ。
歩　ここが、避難所？
女性　もうすぐよ！
そうね、あと30分から1時間ほどで、マグニチュード9クラスの本震が来るわ。
歩　マグニチュード9だって⁉　この東京で、まさか……。
女性　ええ、そのまさかよ。
歩　東京のど真ん中で、マグニチュード9が来れば大変な事になる！
女性　……。

彼女は、悲しげな顔で少しうつむき、無言のまま大きくうなずいた。

そして、冷静な口調で話し始めた。

女性　ぎりぎり間に合ったわ。
歩　ぎりぎり間に合った？　一体、何が？
女性　あなたの救出よ。信じられないかもしれないけど、あなたはこの地震で亡くなる運命だったの。ある世界線ではね……。
歩　えっ、何をいきなり！
第一、なぜ君はそんなことを知っているんだ？
女性　この時計にも、そう示されているわ。

女性は銀色の腕時計のようなものに目を向けた。

その時計は、彼女が目を向けた時にだけ反応したかと思うと、突然立体上のデジタルホログラムを映し出した。

ホログラムは、歩にはよく見えなかったが、その時計は、明らかにこの時代ではまだ発明されていないもののようだった。

女性　うん。やっぱり来るわ。
歩　君はいったい何者なんだ。
地震の予知から、世界線のことまで……。只者じゃないはずだけど。
では、この地震による津波の被害状況は分かるかい？
女性　津波は千葉県や神奈川県の沿岸地域では発生するけど、東京都心は大丈夫だわ。
東京都心は東京湾の構造が、外洋からの入り口が狭く、中で広がっている形状をしているでしょ。
だから、外からの津波が湾内に進むにつれて増幅するようなことはないのよ。
歩　都内の津波被害は軽微なのか。
じゃあ、千葉県や神奈川県の海岸にはどの位の津波被害が来るの？
女性　そうね、20～30 mってところね。
歩　そんなに！　何とかしなくては、津波によってすべてが飲み込まれてしまう！
女性　……。

すると、その時……。
ゴォォォンという低い轟音が広場に鳴り響いた。
その音に合わせて、ガクガクという建物や樹木の揺れる音が混ざりあった。

二人はその場にしゃがみ込んだ。
彼女は厳しい表情でまた空を見上げた。

歩 それにしても、なぜ……。

歩が言いかけたところを遮って彼女は話し始めた。

女性 「なぜ、わたしを助けたのか?」でしょ。
それがわたしの任務だからよ。
歩 任務?
葵海 そう。わたしの名前は、天宇 葵海(てんう あおみ)、26歳よ。
歩 天宇葵海さん……。
俺は、坂口 歩(さかぐち あゆむ)、41歳。
なんだかまだ良く分からないけど……、よろしく!
葵海 「葵海」でいいわ。
歩 わかった。俺のことは「歩」と呼んでくれ。
葵海 わたしはね、2072年の未来から、あなたに大切なことを伝えに来たの。

歩　なんだって、あなたも2072年からの未来人⁉

地震の予知といい、世界線のことといい、やっぱり未来人だったのか。

それにしてもあの老人といい、なぜ2072年から、未来人がまた俺に会いに来たというのか……。

歩は2022年の夏、沖縄で出会った老人の時のことを、ぼーっとしながら思い出していた。

サイボーグ人間が登場する世界

2072年から来たという老人と別れて約5年半後の春、2027年5月のある金曜日、出版社との新刊の打ち合わせを終えた後、新宿の高層ビルの屋上に向かっていた。

平日の午後は、新宿の街も比較的空いており、人通りはあまりなかった。

老人に出会ってからずっと、老人が口にした言葉が頭から離れず、思い返しては物思いに耽っていた。

自分が「人類の覚醒」を主導するなんて……。

やっぱり、難しいんだよな。

何から手を付ければいいのか……。

それに、そもそも「人類の覚醒」という言葉の意味がさっぱり分からない。

あの老人にもう一度会って、いろいろ聴きたいなあ。

老人は「いずれまた会える」と言っていたのに、あの日以来、一向に会いに来てくれない。

どうしようかなあ。

暗中模索する中、高層ビルの屋上で今日も呪文を唱えていた。

しばらくして二人は、避難所となった新宿御苑に隣接する東京体育館に来ていた。
東京体育館はかなりの広さがあるため、続々と被災者が押し寄せていた。
ソプラノサックスを吹いていた彼も、気が付けば東京体育館の一角に避難をしていた。

葵海　しばらくは、この避難所でライフラインが復帰するのを待ちましょう。日本の復興はその後よ！

歩　う、うん。

歩はまだ気持ちの整理ができないでいた。
老人と会いたいと思っていたのに、別の日本人風の女性が現れた。
いや、もしかしたら、この姿もアバターなのかもしれない。
まさか、火星人がまた姿を変えてやって来たのだろうか？

歩　あなたも火星のロボットなのかい？

葵海　わたしが火星のロボット？　あはははは。なんで？

歩　火星から来たんじゃやないの？

葵海　わたしは人間よ、それも純粋な日本人よ。
そう見えないかしら？

葵海は両手を広げながら、少し驚いた様子で続けて言った。

葵海　もっとも未来は、ロボットのような人間もいるわ。
覇気がなくて、笑顔も少なく、表情一つ変えずに黙々とルーティンをこなすような人とか、まるで、魂が宿っていないかのように感じる人もいるわ。
歩　覇気がなく、笑わない……。たしかに、そういう人は今でもいる。
葵海　一方、人間のようなロボットもいる。
見た目も感触も人間とまったく変わらないどころか、臓器も人間と同じものが備わっていて、表情もあり、感情を持ち、まるで人間と変わらないようなロボットもいるわ。
歩　見た目も感触も人間とまったく変わらず、臓器もあるって⁉
そりゃ困るよ！　人間との区別ができない。
葵海　未来の３Ｄプリンターは、もう現実のものと区別がつかないくらいのものを作れるようになっているのよ。
より精巧に作られたクローン人間、いわゆる、人型ロボットね。

もうそこまでいくと、一目見ただけでは識別できないわ。そして、ロボットも、メーカーによっていろんな種類が誕生しているのよ。

歩　そ、そうなんだ。そりゃ、馴染めるか心配だよ。

葵海　難しいことはないわ。人間だって、黒人と白人と黄色人種などというように、いろんな人種がいるでしょ。クローン人間だって同じように考えればいいのよ。

歩　そうか……。それにしても、いつからそんな時代に突入するんだい。

葵海　もう始まっているわ。今この世界には、地球外からの生命体や未来からの人型ロボットが結構やって来ているのよ。特にこの日本にはね。

歩　な、な、なんだって⁉　どこに？

葵海　まあ、それはいずれ分かるわ。いずれにしても、これからの時代はロボットも人間も混在して、見た目では分かりづらくなってくるのよ。

この世は見えない世界、聞こえない世界でできている

葵海　あなたは目で見えるものがすべてだと考えすぎなのではないかしら！
この世は、目で見えない世界が大半なのよ。

歩　たしかに、素粒子の世界ではそうだっていうよね。

葵海　それもそうだし、あなたたち人間に見える世界は、可視光線の波長だけよね。
たとえば鳥類は、人間に見える赤・緑・青の3色以外に、人間には見ることができない紫外線も認知することができるわ。

歩　紫外線って、浴びると日焼けするやつだね。

葵海　赤外線も目に見えないわね。
また、レントゲンに使うエックス線、電子レンジやテレビやスマホに使われている電磁波、また、ガンマ線や宇宙線なども人間の目には見えないわ。
分かっているだけでも、あなたたち人間に見えている世界はわずか5％以下なのよ。

歩　まあ、たしかに。

葵海　音についても、人が聞こえる範囲（可聴周波数）は約20ヘルツ～2万ヘルツね。

たとえば、犬の可聴周波数は約65～5万ヘルツと言われていて、ネズミの発する声なども聞くことができるわ。

イルカ可聴周波数は、150～15万ヘルツととても広く、自ら発した超音波の反射音から物の形や距離を測ったりしている。これをエコーロケーション（反響定位）と言うわ。象は、5ヘルツ前後の音を100デシベル以上で発することができ、これにより何キロも離れた仲間と交信している。でも、その周波数は人間には聞こえないわ。

可聴周波数が狭いといわれる鳥類でも、ニワトリやハトなどは、人間の聞けない20ヘルツ以下の超低周波を聞くことができるわ。

歩 人間は動物に比べ、見える範囲や聞こえる範囲が狭く限られているんだね。

葵海 彼らは、地震や火山の噴火、嵐などの自然災害の前触れを聞き分け、感知して、危機回避する行動をするのよ。

だから、地震の前兆を知るには、鳥たちの動きを観察するの！


葵海はまた空を見上げて、鳥たちの動きに目をやった。

歩 なるほど、虫や鳥や動物たちの動きにより、聞こえない世界を知るんだね。
葵海 そうね。自然界には、人間には聞こえない超高周波音が多く存在しているのよ。

だから、わたしたち人間は自然の中にいると癒されるの。自然の中には、動物には聞こえても、人間の耳には聞こえない音が多く含まれ、わたしたちはその音を身体で察知している。

歩　へえー。自然がもたらすリラックス効果は超高周波音だったんだあ。

葵海　都会の中だと、2万ヘルツを超える超高周波音が少ないといわれ、そのために人間が過剰なストレスに晒されることがあるのよ。

歩　そうか。わたしたち人間が認識している世界はごく一部なんだね！

葵海　要するに、自分が目にしたり耳にしたり触れたりする情報だけがすべてではないといえるのよ。別の言い方をすれば、人は「自己認識の世界」で生きているのよ。自分が感じられる世界、見える世界、聞こえる世界、知っている世界、想像する世界の中で生きているのよ。しかし、世界は必ずしもそれだけではないわ。自分の認識した世界だけに縛られないで欲しいわ。五感だけでなく、直感、つまり第六感に着目しなくてはいけないのよ。

歩　なるほど。自己認識を固定化させると、世界は広がっていかないってことだね。さらに、自分の認識に認知バイアスがかかっていると、世界はゆがんで見えるってことだね！

葵海　その通り！

そして、その人間が見えない領域が、未来では見えるようになるのよ。体の一部を義体化することができるようになるの。

歩　義体化だって⁉

葵海　そうよ。サイボーグ技術を用いて、機械的な身体を持つことができるのよ。すでに、身体的に不自由な人には、義足や義手などがあるでしょ。それが、目や耳や鼻、その他の臓器にもどんどん拡張されていくの。人間の身体に機械的な部品や機器を埋め込み、身体の一部または全体を強化・拡張する技術も進んで行くのよ。これにより、物理的な強さや感覚が向上し、あるいは機械的な拡張性が実現されるのよ。

歩　なんてことだ。そんな未来が始まるのか。

葵海　これからの新世界では、サイボーグ化された人間が登場するのよ。

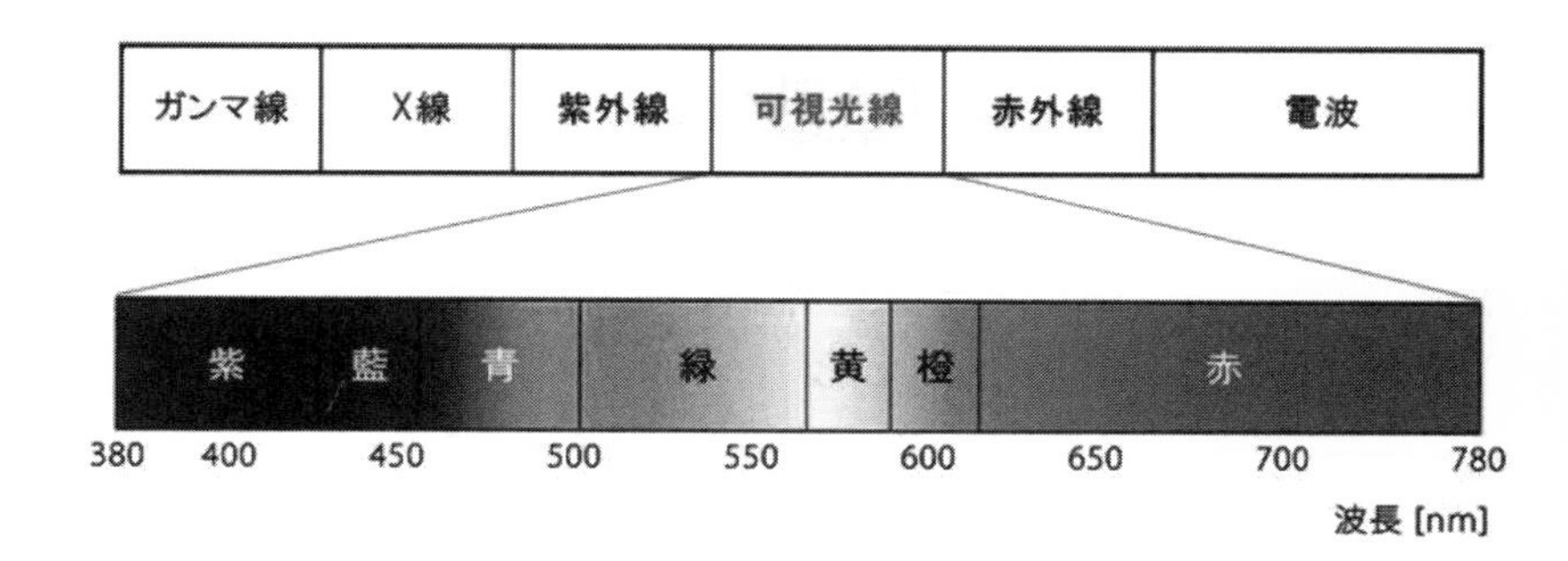

図１　光の波長

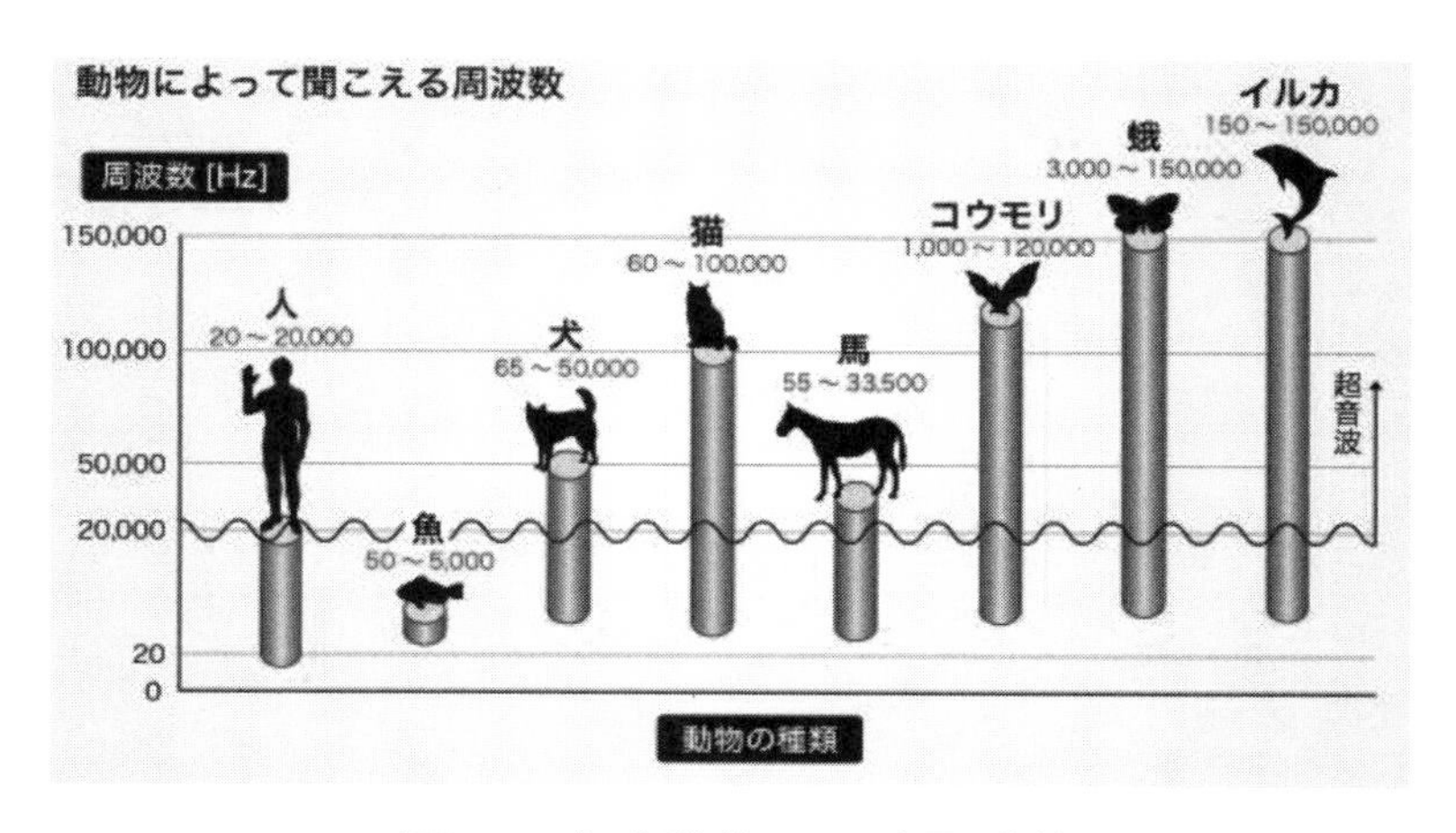

図２　人や動物の可聴周波数

人間とロボットの違いがどんどん無くなっていく

葵海　ロボットと人間が共生の時代に入り、両者の垣根がどんどん無くなっていくのよ。
歩　ロボットと人間の垣根が無くなってくるって、意味が分からないよ。
人間とロボットでは、明らかに違うでしょ？

東京体育館には、防災倉庫に備蓄していた毛布や食料品が次々と運び込まれた。

避難した人々は、手際よく毛布やブルーシートを分け合い、一夜を過ごそうとしていた。

大人たちはこれからの生活に不安を感じ、皆が険しい顔をしていたが、子どもたちは真夏に咲く向日葵のように明るく、新しい環境を楽しんでいた。

彼らは体育館の中に並べられた毛布やブルーシートを使い、仲間たちと楽しそうに駆け回っていた。

葵海はその子どもたちを眺めながら口を開いた。

葵海 子どもたちは、こんな状況でも元気ね。

わたしのいる未来では、子どものような大人たちが増えているわ。

歩 子どものような大人が増えるの？ それはなんでだろう？

葵海 波動が軽くなるからよ。

歩 波動が軽くなると子どもっぽくなるの？

葵海 そうね。今の大人たちは未来を不安視し過ぎて、今を生きていないわ。

今を生きないと波動が重くなるのよ。

この子どもたちを見てよ。みんな将来の不安なんてないわ。

歩 そんなもんなのかな？

葵海 ええ、そうよ！ あなたも波動が軽くなれば分かることよ。

話を戻すわ。たしかに、人間とロボットは違うわ。

人間は、様々な体験から感情を形成する。

同時に、人間は意識や自己認識を持っている。

感情や主観的な経験は、それぞれの個人に独自の個性や特徴をもたらすわ。

歩 そうだよね。

葵海 要するに、人間は生まれてから成人になる過程で、意識や自己認識が変化していく。この成長の過程では、様々な経験や環境が影響を与え、感情や個性が形成され、人間は時間とともに進化し、独自の認識や感情のあり方を築いていくのよ。

歩　ロボットはそうした過程を踏まないってこと？

葵海　これから誕生するクローン人間（人型ロボット）は、感情や自己意識をプログラムやアルゴリズムに基づいて動作する。

あくまでも、最初の内はね……。

歩　最初の内？　ってことは、いずれプログラムに従わずに、意識や心や感情を持つロボットが出てくるってことかい？

葵海　いずれ、そうなる時代が来るのよ。

人工知能の発達は、あなたたちの想像を凌駕しているの。

驚異的なスピードで進歩しているのよ。

それに伴い、人工知能を搭載したロボットは、いずれ人間のような意識や感情を持つようになるのよ。

歩　ロボットが人間のような意識や感情を持つなんて……。

まるで映画の世界だ！　映画の世界が実現してしまう日が来るのか……。

では将来的に、人間とロボットが相互に対立し、戦闘が続き、結果的に深刻な状況に陥る可能性はないのかな？

葵海　すぐ、そうやって心配しないで！

根拠が乏しいにもかかわらず、そうやってすぐ不安を抱くところが、波動が重いところなのよ。ロボットたちだって地球を破滅させたいと思うことはないわ。あなたたちだって、ロボットと人間が対立する世界を、本当は望んでいないはずよ。そんなの映画やテレビで刷り込まれただけよ。大切なことは、ロボットや人工知能を敵対視しないことね。

歩　敵対視しているのは人間の方なのかな？

葵海　そうよ。コロナパンデミックの時だってそうだったでしょ？あの時、コロナウイルスとは共生するべきだったの。ウイルスは常に変化し続けるわ。まるで、人間と同じようにね。それなのに、ほとんどの国民は敵対視し、排除しようとしたわ。その結果、どうなった？

歩　まあ……。パンデミックは永遠と収まらず、いたちごっこを続けることになった。

葵海　敵対視すればウイルスだって牙をむくわ。ウイルスを敵とみなし、二極構造の対立をつくり、争いの波動で向き合えば、そういう世界ができ上がる。あなたたちは対立や争いの世界をこれからも望むの？あなたたち地球人の望んだ意識の集合が、この世界の未来を創るのよ。だから、すべてはあなたたち次第なの。

複数のアバターロボットを遠隔操作する時代

歩　そうかあ。俺たちがどういう未来を描くかがとても重要なんだね。悲劇的な映画のような世界を望まないように努めるべきだね。
ところで、葵海は純粋な日本人って言ったけど、肉体を伴ってタイムトラベルすることはできないんでしょ?

葵海　そうね。だから、わたしのこの肉体は、２０２７年に３Ｄプリンターで精巧に作られたものよ。２０７２年のわたしの意識がその肉体に宿っているわ。
技術や材料の一部は、未来や地球外から提供されているの。
そして、２０７２年の未来から、意識だけが時空を超えて、45年前の歩の世界にタイムトラベルし、その肉体にウォークインしているの。
だから、分かりやすく言えば、リアルなアバターロボットのようなものね。

歩　やはり葵海もリアルなアバターロボットなのか。そこは老人と同じだ。
それにしてもよくできている。改めて感心するな。

葵海　２０３０年代にもなれば、ここまでリアルな人間ではないけど、分身ロボット技術による日常生活は実用化されていくのよ。

それにより、今のような人手不足は急速に解消していくわ。

そして、距離や時間による制約はどんどん減っていくのよ。これまでのような、単なるインターネットを介した遠隔映像や触感とはまったく違うのよ。

アバターロボットを利用することで、人は遠隔地から操縦可能な存在となり、その意識や技能、存在感を即座に離れた場所に移動させることができるのよ。

２０３０年代には、視覚や聴覚だけでなく、アバターロボットが持った感触を遠隔地で得るための触覚グローブなども開発されるわ。

歩　あと数年後にはそんな世界が来るのか……。

葵海　たとえば、日本にいながら、午前中はインドの世界遺産を観光し、午後はアメリカの会議に出席するといったことが可能になるわ。

歩　へえー、本当に距離による制約がなくなるんだね。

その場合、肉体はあくまでも一つなんだよね？

葵海　そうよ。肉体は時空を超えられないわ。

超えようとした瞬間に肉体は粉々になってしまうわ。

米海軍が１９４３年に行った「フィラデルフィア実験」が有名ね。

歩　いや、あれはデマだったと聞いたことがある。

葵海 機密的に行っていたんだから、米政府が公に認める訳ないじゃない？「デマだ！」って、すぐ火消しや打消しされた場合は、大抵本当なのよ。

歩 そういうものなのかな。

葵海 話を戻すけど、人間の体はエネルギー体にしなければ、時空は超えられないのよ。意識は高次元でエネルギー体だから、時間や空間を超えることができるの。もっとも、素粒子の95％はエネルギー体でできているけどね。

歩 物質状態では時空を超えられない……。たしか以前、火星の老人も言っていた。

葵海 このことは宇宙の不変の法則よ。わたしたちが存在するのは三次元社会で、時間も加味された四次元時空の中にいるわ。しかしこれからの未来には、これらの次元を超越する未知の領域がやって来るでしょう。それでもおそらく、肉体を伴ったタイムトラベルは100年後も難しいわね。

歩 時空を超えるには、物質である肉体をエネルギーに変えないといけないんだね。たしかに、肉体をエネルギーに変えることは無理だよね？

葵海 エネルギー体に変えるということは、物質体で無くなるということよ。すなわち肉体を脱ぎ捨て、意識や魂だけになるということ。素粒子はエネルギー体と粒子体でできていることは知っているわね。

歩 うん。

葵海　その粒子体の集合体がこのわたしたちなんだけど、存在すべてを消すことはできないわね。

仮に存在を消すことができたとしても、生命を維持することは難しいでしょうね。

肉体は肉体として存在することで、生命を維持できるのよ。当然のことよね。

エネルギー体に変換できれば、存在を高次元化することができ、時空を超えることが可能になるのよ。

ただし、肉体をエネルギー体に変換できたとして、どのようにして元の肉体に戻すかという問題もあるわ。

歩　そもそもエネルギー体に変化した人間が、生命を維持することは無理だもんね。

葵海　少なくとも、この三次元社会では無理でしょ。

つまるところ、肉体を持ったまま時空は超えられないのよ。

パラレルワールドとパラレルシフトが増えている理由

地球が三次元社会であるため、肉体は時空を超えることができない……。
そう考えると、仮に地球が次元上昇を果たした場合、どのようなことが起こるのだろうか。
そんな疑問が頭を過った。

歩　多世界解釈は「トンデモ理論」と揶揄されることも多いけど、未来ではどう解釈されているの？

葵海　多世界解釈はトンデモ理論なんかじゃないわ。理論的にはとても合理的よ。あなたたちの時代でも、リチャード・ファインマン、スティーブン・ワインバーグ、ジョン・ホイーラー、スティーブン・ホーキングといった超一流物理学者たちが、多世界解釈に好意的な見解を述べているわ。
今後、あなたたちの未来でも人工知能が証明することになるわ。

歩　そ、そうなんだ。それは楽しみにしたい！

それにしても、本当に意識のみをパラレルワールドさせる時代が来るんだね。

葵海　次元の移行となれば、パラレルシフトと言った方がいいわね。

異次元移動をパラレルシフトと言うわ。

パラレルワールドというのは、並行宇宙（並行世界）に移動することね。

歩　並行宇宙への移行がパラレルワールドか。

葵海　世界線というのは、無数に存在するわ。今のあなたの判断が、次の世界を生むのよ。新しい宇宙は常に刻一刻と分岐し続けているのだから、未来は無限に広がっているのよ。正確に言えば、世界線の数の上限はヒルベルト空間の大きさ（2の10乗の122乗個）という途方もない数が上限と言われているわ。

まあ、有限ではあるけど、極めて天文学的な数ね。

・多世界解釈とは
プリンストン大学の大学院生であったヒュー・エヴェレット3世が１９５７年に提唱した、量子力学の観測問題における解釈の一つである。

この解釈では宇宙の波動関数を実在のものとみなし、波束の収縮が生じない。そのかわり重ね合わせ状態が干渉性を失うことで、異なる世界に分岐していくと考えられている。

欧州原子核研究機構（ＣＥＲＮ）の実験は時空をゆがめている

歩　つまり、素粒子は粒子性（物質）と波動性（エネルギー）に分けられ、物質の状態では高次元化することはできないと言うことだね。

葵海　そうね。物質が無くなれば、重力の影響はもちろん受けないのよ。

物質体だと時間や空間の影響も受けるけど、同時に、重力の影響を受けるのだよね？

重力は質量に対してかかるものだからね。

その質量の起源を示す素粒子が見つかったことは知っているわね。

歩　欧州原子核研究機構（ＣＥＲＮ）が観測した「ヒッグス粒子」だよね？

葵海　そうね。２０１１年にＣＥＲＮで発見されたわ。

その後に、アメリカの実験物理学者レオン・レーダーマンは、ヒッグス粒子を「神がつくった究極の素粒子」と名付けたのよ。

・欧州原子核研究機構（ＣＥＲＮ）とは

スイスとフランスの国境をまたぐ地域の地下に設置されている、全周27 kmの円形の大型ハドロン衝突型加速器（ＬＨＣ）のことである。

素粒子を７ＴｅＶの速度まで加速させ、陽子同士を正面衝突させることで、新たな素粒子の開発につなげている。

葵海　重大な問題は、この衝突実験によりマイクロブラックホールができることなの。ブラックホールはこの宇宙のあらゆるものを飲み込んでしまう可能性があるんだけど、一方でブラックホールが形成される際、同時にホワイトホールも発生する可能性があるのよ。

歩　ブラックホールができることは聞いていたけど、ホワイトホールも？ってことは、この世にはないものが新たに生まれてしまうということ？

葵海　そうね。ヒッグス粒子が見つかったのもそういうことよ！また、これは異次元のパラレルシフトをしやすくし、世界線移行のパラレルワールドを起こしやすくするのよ。

つまり、異次元に通じる扉を開けたり、時空をゆがめてしまう可能性があるのよ。イギリスの理論物理学者スティーブン・ホーキング博士は、ＣＥＲＮの実験が「この世の終わりとなる脅威」と強い懸念を示していたわ。

歩　具体的にはどのような問題が出てくるの？

葵海　まあ、実際には良い面と悪い面があるんだけどね。

一つは、新しいものがどんどん生まれ、古いものがどんどん壊れていくってことね。

古き良きものから、悪しきものまで、常識から慣習まで壊れていく様は、変化を望まない人たちや既得権益を守っている人たちからしたら試練よね。

歩　既得権益が破壊される時代に貼ったんだね！

また、変化に対応できない人は大変だね！

葵海　そうね。そういう人たちは、これから生きづらい社会になるわ。

この世界は諸行無常であり、常に移り変わっていくものよ。

その変化の速度が速まっていくのだから、認知バイアスや自己認識バイアスを自らの力で壊していかなければいけないのよ。

・認知バイアスと自己認識バイアスとは
認知バイアス（cognitive bias）は、情報の取捨選択や判断のゆがみのことを指す。

人は情報処理の際に特定の情報を優先的に扱ったり、判断に影響を与える様々なゆがみがある。

また、自己認識バイアス（self-serving bias）は、個人が自分自身に対して持つ認識や評価が、客観的な現実よりも主観的でゆがんでいる傾向を指す。

具体的には、人々は自分の良い点を過大評価し、悪い点を過小評価する傾向があり、成功や好意的な出来事を内在的な要因に帰属させ、失敗や批判的な出来事を外部の要因や状況に帰属させることがある。

認知バイアスや自己認識バイアスは、個人の自己保身のために役立つこともあるが、客観的な現実をゆがめ、他人との理解を妨げる可能性もある。

人間の心理学や社会心理学、論理学、認知科学の研究で広く取り上げられ、人々の行動や判断に影響を与える要因の一つとされている。

葵海　もう一つは、それに伴い人類の意識がどんどん拡張していくことね。

歩　それは、今よく言われている「目覚め意識が拡大する」と言うことかな？

葵海　まあ、そんなところね。

意識の拡張についていけない人は、新しい世界に行けないのよ‼

これも新たな世界に移行するには必要なことよ。

破壊と創造、すなわち、スクラップ＆ビルドは二つで一つよ。

これらはすべて、新世界に向かうためには必要な過程なのよ！

意識は時空を超えるたびに世界線を跨ぐ

歩　破壊と創造は必要な過程かぁ。んー、そうは言っても……。

ところで、物質と時間と重力は密接に関係し、三位一体の関係にあるんだよね。

そして、時空を超えるということは、次元が今の四次元時空（三次元空間）から高次元空間へ上昇するということでいいんだよね？

葵海　そうね。

歩　タイムトラベルするというのは、すなわち時空移動という意味なんだから、時空移動は未来にも行けるんだよね？

葵海　行けるわ。

しかし、世界線は無数に存在するため、未来や過去に移動しても、瞬時に別のタイムラインに変わる可能性があることを理解しなくてはいけないわ。

歩　次元移行すると世界線も変わるんだね。

移行した本人がそれを理解できないといけないね。

葵海　そうよ。だから、この腕時計で随時確認しているの。

歩　ということは、タイムトラベルで未来を見に行ったところで意味がないんだね。
そういえば、火星から来た老人も同じようなことを言っていたよ。

葵海　意味がないと言えばそうね。

でも、実際はもっと複雑なのよ。

世界線の移行（パラレルワールド）は緩やかにしか起きないのよ。

つまり、未来にタイムトラベルすることで、似た世界を見ることができるのよ。

あくまでも、アバーターロボットを介して見るのだけどね。

また、過去にタイムトラベルすることで、未来を少しだけ変えることができるのよ。


歩　そっか。多くは変えられなくても、少しだけ変えることで破滅的結果を免れたりできる訳だね。それはすごいや！

でも、ちょっと待って……。

じゃあ、３Ｄプリンターでその肉体を作ったのは一体誰なんだい？

葵海　それは具体的には言えないけど、わたしたちのチームの一員よ。

歩　チームの一員？

葵海　ええ。２０２７年では、技術的にこれだけリアルな肉体を作り出すことはできないし、技術は確立されていないから、未来から技術が提供されたの。
もっとも、悪用されないように、守秘義務は徹底しているわ。

歩　では、火星から来た老人も同じチームなの？
葵海　ねえ、さっきから何度も言っている、火星から来た老人って誰のこと？
火星にはまだ人間はいないわ。あそこはロボットの星よ。
歩　うん。それは聞いている。
ってことは、葵海は老人のことを知らないんだね。
話すと少し長くなるけど……。

歩は、5年ほど前の老人とのやり取りを葵海に話した。
葵海は、特に驚く表情も見せずに、小さくうなずきながら聴いていた。

日月神示が警告する7回目の危機

歩　じゃあ、葵海は老人と同じチームではないの？
葵海　そうね。どうやら彼とはやって来た世界線が違うのね。

同じ２０７２年からのタイムトラベルのようだけど、世界線はまったく違うようね。

世界線は無数に存在するって言ったわね。

時空を超えるということは、必ず世界線を跨ぐことになるのよ。

同じ世界線の過去や未来には行けないということよ。

行った先の未来や過去は自分が経験する（経験した）未来や過去ではないということよ。

歩　なんだあ。老人とは別々の世界線だったんだ。

葵海　そう。たとえば、老人がいた世界がAとした場合、過去にタイムトラベルした後の２０２７年のこちらの世界はBという異なった世界になるということね。

だから仮に、このBという世界で月日が経っても、Aと同じ２０７２年の世界にはならない。

そして、老人がAの世界に意識を戻した後、Bのこの世界はAからの情報を受け、人類の集合意識が変わりやすくなる。

老人の言動により影響を受けたBの世界は、世界線の移行が起こりやすくなり、さらに新しいCという世界に移行していく。

初めのBの世界は徐々に変化し、別のものへと変わっていくのよ。

そのようにして、世界線は日々変わり、分岐していくのよ。

歩　それにしても複雑だね。

葵海 だから、唯一存在するのは、今しかないのよ。過去も未来も確定しているものは何も存在しないの！

歩 要するに、唯一存在するのは、今だけか……。

歩は、分かったような分からないような感覚で、独り言のようにつぶやいた。

葵海 そして、次の瞬間に移行する世界は、一人一人の意識の集合によって創られていくのよ。ネガティブな想念は周りにも影響を及ぼす。だから歩も、最後は必ずポジティブな感情でいるようにしてね！

歩 わかった。そうすると、葵海は老人の世界とは違ったＤという世界から来たってことだよね。なんか複雑だな。では、なぜ葵海は、老人と同じ２０７２年から俺に会いに来たんだ？

葵海 ２０７２年に地球の運命が決まるからよ。

歩 ち、地球の運命が決まる⁉ ２０７２年に？

葵海 人類の終末期が迫っているの。それを避けるためよ。

複数の世界線において、２０７２年に人類は終末期を迎えることになっているのよ。このままいけば地球は存続できないの。残された時間はもう45年もないのよ。

歩　えっ、一体、２０７２年に地球はどうなってしまうんだろう。
そういえば、火星から来た老人は「第三次世界大戦が起こり、人類の終末期を迎えている」と言っていた。

葵海　色々なケースがあるんだけど、地球では人類が住み続けることはできなくなるという世界線が多いわ。

地球人口の急増もその一因と言えるわ。

また、争いの波動が強まり過ぎて人類同士の戦いが終わらず、最終的には他星人も巻き込んだ大戦争となる世界線も存在するわ。

それ以外にも、地球のポールシフトが変わり、天変地異が起き、海面上昇や大津波で人類の大半が流され、終末期を迎える世界線もあるわ。

歩　な、なんだって⁉　それは陰謀論じゃなくて、本当の話？

葵海　でも、心配しないで！

わたしの世界線はそうなっていないの。

凄く特別な世界線なの。

だからあなたに会いに来たのよ。

歩　そ、それはほっとしたよ。でも、その可能性は高くないんでしょ。

俺はこれから一体どうすればいいんだ。

葵海　その件については、順を追って話すわ。

歩　それにしても、地球には住めなくなるなんて……。

だから、ＮＡＳＡが月や火星への移住を計画しているのか。

ＮＡＳＡは「アルテミス計画」を２０１９年5月に発表している。

また、スペースＸのＣＥＯであるイーロン・マスクも、２０３０年には火星に基地を造ると言っているんだ。

葵海　そうね。２０３０年前後には、月面都市ができ上がるわね。

月も火星もアバターロボットを使った移住計画だけどね。

ＮＡＳＡなどがなぜ月や火星への移住に拘っているかといえば、地球での生活に限界を感じているからなのよ。

しかし、表向きには、科学的な探査と生命の起源の研究を目的としているわ。

歩　ってことは、ＮＡＳＡも分かっているのだろうか。

２０７2年前後には、人類が地球上で暮らし続けられなくなるということを……。

葵海　もちろん、このままでは難しいことは分かっている。

ただ、そんなに悲観することはないわ。

それを阻止するために、わたしがやって来たのよ。

歩　うん。

葵海　岡本天明が記した『日月神示』には、これまでに6度、人類終末期を迎えているという記載があるのよ。

・日月神示とは

神典研究家で画家でもあった岡本天明に「国常立尊」（国之常立神）という高級神靈からの神示を自動書記によって記述したとされる書物のこと。

その難解さから、書記した岡本天明自身、当初はほぼ読むことができなかったが、仲間の神典研究家や自身を靈能者する者の協力などで少しずつ解読され世に出された。

大いなる目覚めは異次元界にも及ぶ

歩　過去に6度の人類終末期があったということは、つまり、今回が7回目の危機ということ?

葵海　そうね。そして、これから起こる大きな建替は最期のチャンスとされているのよ。過去6度の危機と建替は、そのすべてが現界のみの建替でしかなく、うわべだけの「膏薬（こうやく）張り」のような建替の繰り返しであったため、根本的な大建替にはならず、すぐに元に戻り、永続しなかったのよ。

そして、今後に起こるとされる大建替では過去にあったそれらとはまったく異なり、この現界はもちろんのこと、神界、靈界、幽界等も含めたすべての世界に起こるのよ。

つまり、現次元界のみならず、異次元界での建替が必要なのよ。

その建替えは始まっているの。でも、もう時間はないわ!

歩　異次元界の建替?　ちょっと待って!

葵海はそれを俺に伝えに来たとして、一体俺にどうしろと……。

葵海　危機を回避するためには、人類が真の意味で覚醒する必要があるの。

表面的な理解だけでなく、本当の意味の覚醒よ。

人類が大いなる覚醒を遂げなければ、人類にとって最終的な審判が訪れることになるわ。

だから、人類の覚醒を促すイベントが今後もまだまだ続くのよ。

これにより、覚醒（目覚め）の選択をしない魂は、新しい地球に住むことはできなくなるのよ。それがこの宇宙の理「自由意志の選択」なのよ。

これから地球は波動がどんどん上がっていくの。

次に生まれ変わる時には、同じ波動の世界線に移行することになるのよ。

それぞれ違う地球に分岐するのよ。

ＣＥＲＮの実験も進み、意識の拡張はますます進むわ。

人類は覚醒期に入っているのよ！

歩　目覚めのイベントって具体的にはどんなものなの？

葵海　２０２０年から始まったコロナパンデミックも重要な覚醒イベントだったのよ。

歩　コロナパンデミックは人類の覚醒イベントだったと？

あのパンデミックで多くの人が亡くなったんだ。

覚醒イベントと言われたって、納得できないよ……。

葵海　たしかに、多くの人々が亡くなったわね。
覚醒せず、ただ流されるままの国民が大多数だったのかもね。

でも、肉体はわたしたちの一部であって、魂は死なないのよ。

魂に終わりはないわ。

地球が存続する限り、来世もこの地球で生きていくことは可能なのよ。あの世に行ったら、どの世界線の地球に生まれてくるのかを、それぞれの魂が決めるのよ。

歩 生まれ変わる世界線を魂が決めるのか。

葵海 産業革命以降の250年で地球は大きく変容したわ。

テクノロジーは飛躍的に伸びたけど、同時に、自然のバランスが崩れ、循環が不均衡になった。

80億の人々が生み出す波動により、地球の精神も疲弊したわ。

極端な物質主義は極みに達し、その反動として精神主義への転換が進んでいくのよ。

振り子は片方に過度に振れると、逆方向に戻ろうとする力が強く働くわね。

その力はますます増幅され、大いなる目覚め（グレート・アウェクニング）の波を生み出すのよ。

今の選択のみがあなたに自由を与えている

歩　なるほど。同じようなことを老人も言っていたよ。

そして、目覚めの扉は日本が開くのだと。

老人は俺に、それを伝えてくれと言っていたよ。

でも、伝えろと言われてもどうしたらいいか……。

それにしても、世界線が無数にあると混乱してしまうね。

葵海　世界線は無数に広がっているわ。

それゆえ、未来は不確定なのよ。

不確定であるからこそ、今を生きることが大切なのよ。

今だけがわたしたちに授けられた贈り物なのよ。

歩　今だけが贈り物かあ。たしかに、贈り物の英単語「Present」の意味は、「今の」や「現在の」という意味もあるね。

葵海　無限の「刹那の今のみ」が、連続して存在しているのよ。

あなたは今の選択しかできないの。

今の選択肢は、常に誰にでも平等に与えられているのよ。

歩　今の選択は皆に平等に与えられている……。

葵海　そう、今の選択は常にあなたに自由に与えられている。そして、今だからこそ本来のあなた自身と繋がることができるのよ。

直感は今しか降りてこないのよ。

ハイヤーセルフからのメッセージは今この瞬間にしか降りてこない、ということを忘れないで欲しいわ。

歩　なるほど……。

葵海　そして、今選んだ選択が必ず何かしらの結果を後に生み出すことになるのよ。別の言い方をすれば、起こったことは必ず自分自身で「原因という種」を過去に蒔いているのよ。

だから他人のせいには決してできない。

蒔いた種は自分で刈り取るのよ。

この世はすべてあなたが創っているといえるのよ。

世界線は人類の想念と魂レベルにより決まる

歩　「今の選択によって、自分の将来や地球の未来が決まる」という考え方だね。

そして、それは地球の人々の集合意識によって決まるんだね。

ところで、さっきパラレルワールドは無限に存在していると言っていたけど、それじゃ複雑すぎて分からなくならない？

葵海　そう。だから、世界線は複数存在するけど、便宜上27の3乗種類の19683通りで整理されているわ。

歩　19683通り!!　それはすごい数だ。

葵海　まず、人類の想念は、「AAA」から「ZZZ」まで分類されている。

「AAA」が最も「愛」に近い想念であり、一方で「ZZZ」は最も「恐れ」に近い想念を表しているの。

それに加えて、人類の魂レベルによって、0%〜100%の範囲で変動しているの。

この数字の計測は、人類の精神性意識と物質性意識によって影響を受け、100%に近づくほど、人類の意識が精神的な方向に向かっていることを示しているわ。

両方とも、人類の集合意識の総和によって決まるのよ。

歩　そんな分類がされているなんて。
0%に近づくほどこの世界が物質主義に偏っていることを示しているんだね。
この今の世界は、どれくらいの位置にいるんだろう。

葵海　今の地球は「GGT13」のようね。

隠された27個目のアルファベット

歩　「GGT13」か。やっぱり、物質主義に偏っているのか。
でもちょっと待って、アルファベットは26個のはずだ。
27個の3乗種類ってのはどういうこと?

葵海　隠された27個目のアルファベットというのが存在するの。

歩　隠された27個目のアルファベット?

葵海　アルファベットは最後が、「…XYZ」で終わることになっているけど、実際には最後のYとZの間に「&」というアルファベットが隠れているのよ。
歩　ってことは、「…XY&Z」となるということ？
葵海　ええ、そうよ。
歩　「&」がアルファベットだったなんて、それは知らなかった。でもなぜ、27個目のアルファベットを隠したんだろう？
葵海　それは、27という数字に意味があるからよ。27は3の3乗なのだけど、これは循環エネルギーを表しているの。26個のアルファベットでは循環せず、エネルギーが停滞して、言靈の力が増幅しないの。
歩　アルファベットの文字に秘められている言靈の力（エネルギー）が増幅するのを避けたということ？
葵海　文字や言葉には見えない力（エネルギー）があるわ。ポジティブな言葉は人の感情をポジティブにする。その逆も然りね。人類にその大きな言靈エネルギーを使わせないため、つまり想念を下げるために、アルファベットから一文字を消去したのよ。
歩　なるほど。言葉には力（エネルギー）があるのは知っていたけど、循環できる数によってその力がより増幅することは知らなかったよ。

日本語にも隠された文字があった！

歩　じゃあ、日本語の50音はどうなんだろう？
まさか隠された音があるなんて言わないよね？

葵海　ふふふ。あるわ！　「いろはにほへと」は47音よね。
そして、神代文字（じんだいもじ）の一つである「カタカムナ文字」は48音よ。

・カタカムナ文字とは

12000年以上前の時代に使われていたとされ、渦巻き状に描かれた「神代文字」の一つであり、現在のカタカナの元になっている。

1949年に、兵庫県六甲山系の金鳥山で楢崎皐月（ならさきさつき）が発見した。

カタカムナ文字は、三つの基本図象（ずぞう）からなる。

1．ヤタノカカミ図象（カタカムナ図象）
飽和と安定と自然現象を表す八つの小円からなる。

ヤタノカカミは天之御中主神を象徴し、48声音の言霊を表している。

2. フトマニ図象（フトタマノミミコト）
「フタツの姿が、ヒトツのタマに実ったモノゴト」という意味を持ち、現象背後の始元量「アマ」の世界と、アマから分化した現象世界との相を一つの図象によって表した「双相一象図象（そうそういちしょうずぞう）」である。

3. ミクマリ図象
ミクマリは水分で、二柱の神（イザナギとイザナミ）を象徴している。

歩 昔の言葉は50音じゃなかったんだね。
ってことは、隠されたんじゃなくて、文字が2〜3文字増えたんじゃない？

葵海 違うわ。50音をよく見て！
ヤ行は三つしかないし、ワ行は二つしかない。ン行は一つしかないのよ。
行はン行合わせて、11行よ。

歩 ってことは、11行×5文字＝55文字から9を引いて……。46文字‼
そっかあ。今の日本語の文字は46文字だから1〜2文字減ったのか！

葵海 そうね。「いろはにほへと」から「ゐ（い）」と「ゑ（え）」が減って「ん」が増えたのよ。カタカムナからは、「ヰ（ウイ）」と「ヱ（ウエ）」が減っているのよ。

「ン」はカタカムナにもあったわ。ちなみに、「ヰ」は「ウイ」と発音し、「ヱ」は「ウェ」と発音し、「ヲ」は「ウォ」と発音するわ。

歩　どちらも、発音は「イ」と「エ」だけど、二種類あったんだね。日本語にも隠された文字が存在したんだね！

言葉や思考が潜在意識に作用し、現実世界を変える

歩　ということは、48音が最も適している文字数ってこと？

葵海　そうね。48音が最も循環するため、言靈の力がより増幅するのよ。そして、カタカムナの最大の特徴は、図として見ている点ね。48音の音声符を組み合わせて構成されているこの図を、「図像符」といって、八咫鏡（やたのかがみ）の形をしているのよ。

歩　そうか。カタカムナ文字の形は縦書きではなく、渦巻き状に綴られているんだね。でも、なぜ八咫鏡の形を模しているんだい？

葵海　図像符は「八咫鏡」を表して、「ヒ」「フ」「ミ」「ヨ」「イ」「ム」「ナ」「ヤ」「コ」「ト」を組み合わせている。

なぜ組み合わせるのかと言うと、これが生命体の一つのサイクルになっているからよ。

螺旋構造をしていて、エネルギーがより増幅しやすい構造になっているの。

それぞれには意味があるわ。

「ヒ」は、電子による量子場が発生する。

「フ」は、対の粒子となる原子や分子を表す。

「ミ」は、生命体が発生する。

「ヨ」は、四相の性質を持つ細胞分裂を表す。

「イ」は、生命体の実体を表す。

「ム」は、肉体から離れ、生命粒子が広がる。

「ナ」は、変化を繰り返し、核となる。

「ヤ」は、極限を迎える。

「コ」は、極限が山となって、壊れていく。

「ト」は、壊れたものが集まり出す。

歩　なるほど。この10個の文字はそれぞれ循環して一つのサイクルを形成しているんだね。昔から日本人は、言葉のエネルギーを最大限意識していたのが分かるね。

葵海 一つ一つの文字には、言靈という魂が宿っており、この言靈は思想を持ち、その思念は時空を超えることができるのよ。
言靈や思想は潜在意識に作用し、時空を超えて現実世界を変える力があるのよ。

歩 「思考や言葉が現実を引き寄せる」という「引き寄せの法則」や「アファメーション」は、言葉の力を使って、明るい未来や成功を呼び寄せるということだったんだね。

葵海 そうよ。言葉の「音」には必ず「思念・思考・想念」があるの。
良い言葉や文字には、細胞や分子構造を変える力があるのよ。
言靈の力は、光速を超え、次元を超え、思考を変え、意識を変える。
そして、習慣を変え、現実を変え、運命をも変えるのよ。

歩 言葉を発する時には、一音一音をとても大切にしたいね！

世界最古のカタカムナ文字は、宇宙の創成と理の鍵

葵海　カタカムナの一文字ずつには、通し番号が振られ、「数靈（かずたま）」として知られているわ。これは、数に宿る魂やエネルギーの存在を指していて、数にも言葉同様に魂が宿っていることを示しているのよ。

これらの概念は、物理的な存在だけでなく、霊的な次元においても深い関連性を持ち、古神道において言靈と数靈は表裏一体の関係にあるわ。

歩　言靈と数靈は表裏一体の関係ってどういうこと？

葵海　言葉の裏には数字が潜んでおり、逆に数字から言葉も明らかになるのよ。数靈の代表例として数秘術が挙げられるわ。

・数秘術（numerology）とは

数字や数に特定の意味や力を帰する占いや予測の一形態のこと。

数秘術の基本的な考え方は、数字が宇宙の基本的な原理を表しており、それによって個々の人生や出来事が影響を受けると信じるもの。

数秘術は様々な文化や宗教において異なるバリエーションが存在する。

1　ピタゴラス数秘術…最も一般的で広く知られた数秘術の一つで、ピタゴラス学派に基づく。生年月日や名前の文字を数字に変換し、それに基づいてライフパスナンバーやディスティニーナンバーなどを算出する。

2　カバラ数秘術…カバラ（kabbalah）と呼ばれるユダヤ教の神秘主義に基づく。ヘブライ文字に数値が対応しており、それを用いて個人のパーソナリティや運命を読み解く。

3　チャルディアン数秘術…古代バビロニアの占星術に由来し、各文字に数値を対応させることで数秘術を行う。名前や語句を数値に変換して解釈する。

4　中文数秘術…中国の伝統的な数秘術で、姓名判断や四柱推命と結びついている。漢字の筆画数や五行、十二支などを用いて占う。

葵海　カバラ数秘術では、ゲマトリアと呼ばれる概念が重要で、数字が物事を確定させ、この現実世界の事象を数字で表現できることを示唆しているの。数字は比較や計算が可能であり、物事を具体的に理解する手段となり、抽象的なエネルギーを可視化する手段ともいえ、物事の本質を捉えるための有力な道具となっているのよ。

神示等では、この言靈と数靈の関係は「数いろは」と呼ばれ、言靈の祝詞が「いろは祝詞」であり、数靈の祝詞が「一二三（ひふみ）祝詞」とされているわ。

ちなみに、言靈、数靈の他にも音靈や色靈、型靈などがあるのよ。

歩　魂は言葉だけではなく、数、音、色、図形にも存在するんだね。

葵海　数は宇宙における共通の言語なのよ。

宇宙とのコミュニケーションにおいては、言葉や数字、幾何学的な模様などを相互に変換する必要があるのよ。

これらの図や数を分析・解析することで、宇宙の根源意識までアクセスできるのよ。

「宇宙の存在とは何か？　人間の存在意義は何か？　生きる目的は何か？　日本人の使命は何か？」といったことまで把握することができ、見えない世界を読み解けるのね。

カタカムナ文字は、一音一音の「波動」が生命体として捉えられていて、潜象（目に見えない世界）と現象（目に見える世界）の二重構造の理論になっているのよ。

歩　見えない世界が読み解ける？

葵海　ヨハネの福音書の冒頭には、「初めに言（コトバ）があった。言は神であった。この言は、初めに神と共にあった。万物は言によって成った」と記されているわね。

このヨハネは、イエス・キリストの愛弟子であり、「ヨハネ＝48音」とも読めるのよ。

また、このヨハネの名前の由来には興味深い解釈があり、母音と父音から生まれたとされ、その子音は「シオン」とも読め、これはユダヤの故郷を象徴しているのよ。

歩　ヨハネは48音（ヨハネ）からだったなんて！

葵海　また、『万葉集』でも、「大和（やまと）は言霊の幸ふ（さきわう）国」と表現され、これは日本が「言葉の霊力によって幸福をもたらす国」という意味があるのよ。

歩は言葉の重要さを改めて感じていた。
普段使っている日本語には、言霊の力（エネルギー）があり、今は46音だが、その起源をたどれば48音だったとは驚いた。
日本語にそんな力があったとは……。
もしかしたら、日本語のカタカムナの48音（ヨハネ）がこの世の創世と関わっているのかもしれない。

葵海　八鏡文字で書かれたカタカムナは、世界最古の文字なのよ。発見者は、電気物理学者でもある楢崎皐月さんね。

「カタカムナ」は、カタ世界（目に見える世界：現象世界）と、カム世界（目に見えない広がりの世界：潜象世界）を、「核・球体」（ナ：成る）を境界にして、「対」となっている事を示しているのよ。

潜象世界（無）は物質世界（有）の背後にあり、両者は表裏一体で、重なり合って存在していて、物質世界（有）は潜象世界（無）から創られているの。

ここでいう潜象世界は、精神世界と読み替えてもいいわね。

そして、カタ（物質世界、有、形）とカム（潜象世界、無、波）の狭間を、カミ（上）と呼んでいる。

歩　陰陽を表しているんだね。

それにしても、量子力学の素粒子と同じことを言っているとは驚いた！

今、まさに科学は約１２０００年前に分かっていたカタカムナ文字について解明しようとしているのか。

葵海　そうね。『古事記』や『日本書紀』の「ナミ」「ナギ」も同じようなものね。

公に日本最古の歴史書とされている『古事記』や『日本書紀』にある「イザナギ（伊邪那岐神）」と「イザナミ（伊邪那美神）」も「ナミ＝波動＝エネルギー」と「ナギ＝物質＝肉体」を表しているわ。

イザナギ（伊邪那岐神）とは、イザナウ＋氣（潜象世界＝波動の世界に誘う）を表す。

イザナミ（伊邪那美神）とは、イザナウ＋身（物質世界＝肉体の世界に誘う）を表す。

歩　へえー。

葵海　そして、カタカムナ48音を幾何学的な渦巻き螺旋状に描いている「カタカムナウタヒ80首」というのがあり、これは見えない宇宙の根本原理を示した直感物理エネルギーを表しているのよ。

カタカムナウタヒ80首は、配置されたカタカムナ文字を中央から外側に向かって渦巻き状に読むのよ。

カタとカムの二つは、互いに共振し、その周波が、広がりを持ちながら伝わっていく。ウタヒの第5首がカタ世界のサイクルを説明し、第6首がカム世界のサイクルを説明しているわ。

現代人の眠っている潜在意識を開花させ、無限の可能性を引き出し、悟りの境地に繋げる働きがあるウタヒ（歌）よ。

歩 なるほど。

葵海 カタカムナの世界では、生命体は視覚や聴覚などの「五感」から得る情報を見えないカム世界に響かせ、対のバランスを保ちながら共鳴し合い、存在していると考えられるわ。このことを想像しながら発音することがとても重要よ。

そして、ウタヒは80首もあり、その中でも第5首、第6首、第7首が特に重要なの。

わたしたちの肉体も48音の波動から形を保っており、その48音で宇宙の理を表したのがカタカムナウタヒの第5首、第6首、第7首なのよ。

・第5首
『ヒフミヨイ　マワリテメクル　ムナヤコト　アウノスヘシレ　カタチサキ』
ヒフミヨイは、「一・二・三・四・五」＝正、表、右回転、物質、形而下、顕在意識
ムナヤコトは、「六・七・八・九・十」＝反、裏、左回転、潜象、形而上、潜在意識
マワリテは、「自転、旋回、旋転、渦球性、イザナミ」
メクルは、「公転、反転、循環、渦流性、イザナギ」
つまり、「天体（宇宙）から極微世界（素粒子の世界）まで、すべての万象万物は、正反の旋転（マワリ・自転）と、循環（メクリ・公転）を繰り返す『球体・螺旋（なると）』である」
アウノスヘシレは、「重合（アウ）は、互換によることを知れ（シレ）」
カタチサキは、「物質（カタチ）を分裂・分裂（サキ）した48音であり、日本神話の『現世（うつしよ）＝鏡に映った世界』である」

・第6首
『ソラニモロケセ　ユヱヌオヲ　ハエツヰネホン　カタカムナ』
ソラニは、「空に、外側に、場に、空間に」
モロケセは、「諸けせ、諸々を消した、理屈ではない」

ユヱヌオヲは、「結えぬ緒を＝結うことができないほどの超極微の緒（ヒモ）」
ハエツキネホンは、「万物万象は正反の二元性に発生し、成長し繁栄する」
カタカムナは、「その根源はカタカムナ（潜象界と物質界の重合）である」

・第7首
『マカタマノ　アマノミナカヌシ　タカミムスヒ　カムミムスヒ　ミスマルノタマ』
マカタマノは、「勾玉の、陰陽の世界」
アマノミナカヌシ　タカミムスヒ　カムミムスヒは、「天之御中主、高御産巣主、神産巣主の造形三神＝宇宙意識」
ミスマルノタマは、「すべてを創造する球体がわたしたちの周辺に現れる」

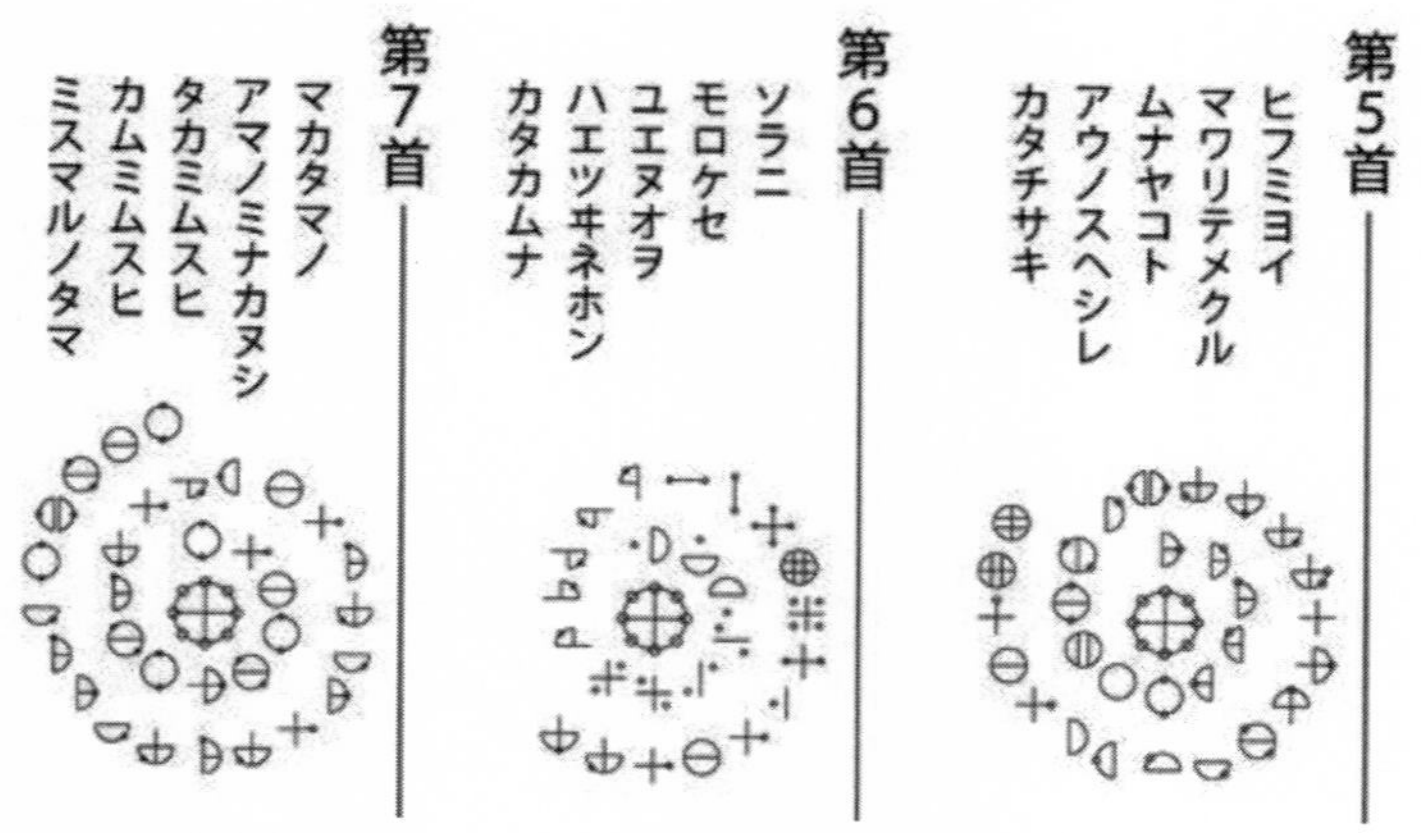

図3　カタカムナウタヒの第5首、第6首、第7首

弥勒菩薩は囚われた民の心を救済するために降臨した

歩　なんだか暗号の解読みたいだけど、第5首と第6首と第7首が重要なんだね。偶然にも、567ってコロナと同じだね。

葵海　そうね。他にも、仏教や日月神示では567と書いて「ミロク（弥勒）」と読むわね。仏教の567は弥勒菩薩を意味しているのよ。

歩　弥勒菩薩って、お釈迦さまの入滅後のはるか未来に現われ、悟りを開き、多くの人々を救済するとされる仏様だよね？

葵海　そうよ。「弥勒菩薩の出現は、ゴータマ・ブッタ（お釈迦さま）入滅後の56億7000万年後の未来」ってことになっているけど、ここにも567という数字が出てきているわね。

仏教のこの約束は、56億7000万年という期間ではなく「567」という数字を表していて、2020年から起こったパンデミック「CORONA」を指しているのよ。

つまり、弥勒菩薩による地球人の救済活動はまさに今なのよ！

歩　え⁉　ってことは、このパンデミック自体が弥勒菩薩の救済活動ってこと？

そんなはずはないよ。

じゃあ、弥勒菩薩はどこにいるんだい？ まさか、トランプ大統領じゃないよね？

葵海 違うわね。仏教では、「弥勒菩薩がこの世に降り立つとき、世界に秩序と調和が訪れ、完全なる理想郷が出現する」と書いてあるわ。

要するに、これまでの囚われた世界から民が救済されるってことよ。

弥勒菩薩は目に見えない高次元の存在なのよ。

だから、特定の誰かを指すものではないの。

歩 んー。じゃあ、弥勒菩薩の「369＝ミロク」は三千世界を示しているということ？

葵海 正解。三千世界とは、もともとは仏教の一派である法華宗や日蓮宗などで使われる言葉なんだけど、「宇宙やこの世の現象が循環して無限に存在する」という概念なんだ。

「369」は語呂合わせ読みで「ミロク」、「666」は6が三つで「ミロク」と読め、「369」、「666」、「567」の三つは、いずれも「ミロク」と読めるわ。

そしてこれは、「3」が誕生、「6」が維持、「9」が破壊と創造の新世界を表していて、循環がある世界が「369＝ミロク＝三千世界」という意味なの。

歩 なるほど。循環がある世界が三千世界かあ。

その3つのミロクは、時代の変わり目を示していたんだね。

葵海 日月神示にもこう書かれているわ。
○富士の巻、第4手帖（1944年8月13日）
「・・・一二三の仕組みが済みたら三四五（みよいづ）の仕組みぞと申してあったが、世の本の仕組みは三四五の仕組みから五六七の仕組みとなるのぞ、五六七の仕組みとは弥勒（ミロク）の仕組みのことぞ、獣と臣民とはっきりわかったら、それぞれの本性出すのぞ・・・」

現代文に読み替えると、こんな感じね。

「567という言葉が出てきたら、それは弥勒の世がやってきたいうことで、その世界は『嬉し嬉し』の世界となり、価値観が180度ひっくり返り、苦しみの世の中から、喜びの世界に転換するのだぞ」

歩 たしかに、仏教も日月神示も似たことを言っているね。

つまり、567（ミロク）の後に喜びの世界である三千世界がやってくると書いてあるんだね！

では、循環世界が理想郷の三千世界ってことは、今の世界は循環世界じゃないってことなの？

マトリックスの世界から抜け出す方法

葵海　今の三次元世界は「666＝ミロク」世界で、「循環がなく、永遠に閉じ込められた自由のない世界」ってことよ。

歩　閉じ込められた世界？　それはどういう意味だい？

葵海　あなたたちは洗脳や奴隷の世界にいるってことよ。

歩　俺たちが洗脳の世界にいるって？　そんなバカな……。

葵海　そうかしら？　学校教育、企業、医療、政治、メディア、スポーツ、金融、宗教、食べ物など、あらゆる組織が洗脳社会の一環とわたしには見えるわ。

歩　あらゆる社会が洗脳だなんて陰謀論でしょ？　なんでそんなこと言うの？

葵海　１９９９年3月31日に公開された『マトリックス／ＭＡＴＲＩＸ』というアメリカのＳＦ映画を知ってる？

歩　あー、もちろん知っているよ。監督がウォシャウスキー兄弟で、主演がキアヌ・リーブスだよね。

葵海　仮想世界で人生を送るプログラマーであり、凄腕ハッカーの主人公ネオ（トーマス・A・アンダーソン）はある時、「目が覚めても起きているのか、まだ夢を見ているのか分からない感覚」に悩まされていた。

そんな時、モーフィアスと出会い、彼によってこの世界の嘘と真実が明かされる。

ネオがこの世界の救世主であることを知り、彼は真実の旅に出ることになる。

歩　『マトリックス』は何度も見たよ。
「ネオが仰け反りながら、敵のエージェント・スミスが放つ銃弾をよけるシーン」あれなんか何度も真似し過ぎて腰を痛めたよ……。

葵海　そういうシーンにばかり注目してないで、マトリックスが伝えたかったメッセージを読み解くのよ。

モーフィアスがネオに対して言った有名なセリフがある。

「君は奴隷なのだ。囚われの身として生まれ、君が嗅いだり、味わったり、触れたりすることのできない、心を支配する刑務所の中に生を受けたのだ」

これは今のあなたたちの現代社会にも当てはまるのよ。

この世界は、様々な場所で誘導や洗脳や偽りや欺きが蔓延しているのよ。

歩　そうなのかな。俺は今の社会に対し、そんなに不満もないし悲観的じゃないけどな。

葵海　子どもの時からその感覚でいるんだもんね。それが当たり前になっているわね。

でも、これからはその当たり前の感覚のまま生きていたら、生きづらくなってくるわ。

歩　生きづらくなる?

葵海　目覚めるための試練（イベント）が次々に訪れるからよ。そのことはいずれ、体験を通して感じることになるわ。だからその時に、今から言うわたしの言葉を思い出して！「外の情報に流されるな！　真実は常にあなたの内側にある！」

歩　わ、分かったよ。真実は内側か……。よく覚えておくよ！

葵海　自分の人生において常に迫られる選択は、自分で決めるべきなのよ。絶対的、客観的な正解なんてないのよ。

歩　うん。

葵海　他にも、『マトリックス』に出てくる預言者の言葉で「運命なんて信じてはダメよ。人生は自分で決めるものよ。いいわね?」というセリフもある。これも、「あなたの心の内側にある本心は誰にも変えることはできない。だから、あなたの本心に答えを求めなさい！」ってことを言っているのよ。
しかし、運命や周りの空気に惑わされ、流されていると、その魂の声が聴こえなくなるの。そういう人たちが現代の地球の人々にはとても多いわ。
だから『マトリックス』は、人生の行き先を自分で決め、選択することの重要性を示唆している映画なのよ。

歩　そんなメッセージが隠されていたんだね。

葵海　それから、『マトリックス』では、「信念」を持つ素晴らしさを伝えているのよ。信念とは読んで字のごとく、「人に言う言葉」そして「今思う心」よ。

言い換えれば、今現在、あなたが何を知り、何を思い、何を感じ、何を考え、どんな言葉を発し、どのような行動に移すのかということ。

それらすべてが外側ではなく、自分の内側から発せられるものであるべきよ。

これらが一致した時、それはあなたの信念が作用していると言えるでしょう。

信念とは良心であり、本心なのよ。

「自分を持ち、揺るがずに、己を信じ、自身の力で行動に移す勇気」が、現代の地球の人々、一人一人にとって試練とされているのよ。

歩　そうか。俺たち一人一人の覚悟が問われているんだ。

葵海　その時にあなたは、この誘導や洗脳された社会から脱出することができる。

これからもあなたたちには、様々な場面で誘導や洗脳を解くような出来事が立て続けに起こるから、覚えておいてね！

そしてこれからは、うお座時代に象徴的だった、洗脳的なヒエラルキーが崩壊し、自由で個性が尊重されるような社会が到来するのよ。「567＝コロナ＝ミロク」が民の心を救済し、自由で調和のとれた世界に引き上げるの。

歩 つまり、弥勒菩薩が天界からこの現次元界に降臨して民を救済するってのは、心の救済だったと。そして、それはコロナウイルスだったたってこと?

葵海 心の救済とも言えるし、魂の救済とも言えるわね。コロナウイルスはあくまできっかけを与えたに過ぎないわ。弥勒菩薩の正体は、そのうちきっと分かるわよ。

「666＝ミロク＝維持」は、「369＝ミロク＝循環」となり、囚われた心が解放される。そして、循環型の永続的な社会が到来する。日本発祥の「三千世界」や「千年王国」がついにやってくるのよ! 希望する人にはね……。

歩 希望する人って……。すべての人が救済される訳ではないってこと?

葵海 旧約聖書や日月神示にも、すべての民が救済されるとは限らないと書かれているわね。

意識の拡張、つまり意識革命がますます進展しているため、これからさらに多くの人が救済されていくでしょう。

ただし、重要なのは個人が変化を望むかどうかなの。

宇宙の絶対法則である「自由意志」が存在するため、本人が変化を求めない限り、新しい地球への移行は実現できないでしょう。

望まない人にとっては、これまでの地球が理想的であると感じることもあるでしょう。

正しいかどうかではなく、地球が変容しようとしていることが大事なポイントよ。

変化は進化であり成長なの。

これまでの価値観や常識、慣習、思考パターンに囚われ、自己の認知バイアスを壊せない人は、新しい時代に対応できないのよ。

分かる？　時代は変わるの！

だから、それぞれが自分に合った世界に移行していくのよ。

今、まさに大変革時代、大激動時代、大覚醒時代がやってきているということなの！

これらはすべては、必要かつ必然で起きているのよ。

歩　なるほど。物質主義から精神主義に変わる過渡期にあるということだね。

葵海　そうね。今の地球は、人類の集合意識が、物質主義にかなり偏っているわ。
でも、陰極まれば陽となるのよ。

比較が争いや苦悩を生んでいる

歩　話を少し戻すけど、今この世界線は「ＧＧＴ13」なんだったよね。それにしても、今の地球の状況は随分と厳しいものだ。これじゃ、落第点だな。

葵海　数値だけを見て、必ずしも良し悪しを判断することは難しいけれども、極端に振れるとバランスが崩れ、最終的には地球や人類の存続が危ぶまれることになるのよ。

歩　なるほど。ところで、葵海の世界線では、地球が存続できている稀な世界線なんだよね？

葵海　わたしたちの世界線では、終末期を迎えずに千年王国が実現したものとなっているのよ。千年王国はキリスト教の啓示録に基づく概念だけど、三千世界と同じものと捉えていいわ。

歩　終末期を迎えずに千年王国が実現？

葵海　紆余曲折はあったけど、地球の人々が大いなる覚醒に成功したのよ。あなたたちの世界線も、正しい道を歩んでくれることを願っているわ。わたしたちの２０７２年は、「ＡＩＭ77」の時代よ。

精神性意識に偏っており、人類は「愛」の意味をよく理解している。

わたしの地球では、争いや対立は地球や人類の存続に寄与しないことを理解したのよ。

新たな社会構築に向けて協力し、人類の集合意識が少しずつ変化し、穏やかな時代が到来したのよ。

もう、わたしたちの世界は今後、平和で調和ある時代が長く続くことが分かっている。

量子コンピュータのシミュレーションからは、何千年先の未来も共存し続けられることが算出されているわ。

歩たちの世界線では、もちろんあなたたち自身が、これからそれを選んでいくのよ。

大いなる覚醒は、日本人が主導していくのよ！

歩　ＡＩＭ77か！　驚くべきことだ。葵海が存在する世界は、とても平和的な状態にあるんだろうね。戦争なんてないんだろうな。

葵海　戦争どころか、ほとんど争いがないのよ。あってもすぐ収束するわ。
上下関係や優劣という概念は存在せず、人々はお互いを比較することはなく、調和しながら暮らしているの。

歩　なるほど。比較が争いや苦悩を生んでいるんだね。

葵海　競争は恐れから来るの。
競争している人は常に何らかの不安を抱えている。

認められたい、評価されたい、優位に立ちたいなどの欲求が常にあるの。

お金や地位や立場の不安や不満もあるわね。

心が満たされていない。

仮に競争に勝ったとしても、満たされるのはほんの一瞬で、継続しない。

そして、また次の競争に向かい、争わなければいけない。

常に勝つことを求められる。

次第に、勝つことが優先され、愛を忘れ、恐れを手放せなくなると、人類は争いが絶えず、様々な葛藤が生まれ、最終的には自らが戦い合い、いがみ合い、傷つけ合い、揉めごとが増えていき、やがて人類同士、監視や管理を強め、結果的には滅んでいくわ。

歩　まさに今、そんな世界だよ。他人の批判ばかりが目に付くようになっている。
人類が滅んでしまうなんて、それは避けなければいけない。

葵海　そうね。これまで誰もそのことを伝えて来なかったから。

もっとも、伝えられる人が少ないのが問題ね。

わたしたちのチームも何度もタイムトラベルして、地球が存続できるように、その確率が高まるような活動をしてきたわ。

あくまで決めるのはこの世界線の人たちだから、わたしたちは気づきを与えるだけよ。

この世界の人間は我欲（エゴ）が強く、自分勝手だから……。

それに、自分自身と他者を分離し過ぎている。

歩　人類の終末期を迎えてしまうかもしれないなんて、みんな考えてもいないからね。

葵海　そうね。だからこそ、否が応でも考えさせられるような出来事が起こってくるのよ！その時に、歩がその重要性を伝えていくのよ。

歩　そ、そうは言っても……。

新しい地球に行く人と古い地球に残る人

葵海　何も、国民同士が争わなくてもいいのよ。武器を渡されても、手放して、捨てればいいの。

歩　争いはなくしたいと思っているけど、葵海だって、嫌いな人たちはいるでしょ？

葵海　もちろん、波長が合わない人はいるわ。だからと言って攻撃しようとは思わないわ。争いからは、争いしか生まれないのよ。

その連鎖が繰り返され、循環し、また自らに返ってくるだけ。だから、そっと離れればいいの。

歩 でも、「地球が滅びる」とか「人類が自滅する」といってもオカルトだよな。みんな今の資本主義経済を信頼しているし、今の競争社会を望んでいるよ。誰も疑わないし、この世界が理想だと思っているね。

葵海 そうね。だから、自ら蒔いた種を自ら刈り取り、試練を呼び込んでいるのね。試練の時に人は学び、成長するものよ。

だから、2020年からのコロナパンデミックや2024年の能登半島地震、この首都直下型地震だって、国民の覚醒を促すための試練と捉えることもできるのよ。魂の成長には必要だったと思って！ そこから何かを学べる人と、それをきっかけに誰かと争う人とでは、天と地の差になるの。

歩 分かった。さっき、日月神示の書物の中で、人類が過去に6回も滅びかけているって話があったけど、今回はどんな出来事なの？

葵海 7回目の今回は、地球自身が最終審判を人類に下そうとしているのよ。今が最後のタイミングよ。8回目はないわ。

ウイルスとの戦いもその一部なのよ。この大地震のような天変地異もそうね。もう争いの輪廻は、終わらせないといけないの。

歩　争いの輪廻を終わらせる……。

葵海　愛と調和の世界に移行していくか、争いが絶えず、終わらない戦いに進んでいくか、地球は今その重要な分岐点にいるのよ。

これまでの古い地球を望み、理想とし、時代の変化に対応できない、したくない人たちは新しい地球には行けないのよ。

歩　さっきも言ってたけど、「新しい地球に行けない人」とは、どういうこと？

地球が二つに分かれるってことなの？

葵海　世界線が分岐するのよ。

それぞれの魂の波動に合った世界線で生きていくことになるの。

分裂や比較、強弱や善悪、序列や上下といった二極や二元論の世界を自ら望んだ人たちは、その世界でこれからも生きていくことになるのよ。

気付かないうちに、別の世界線は移行するわ。

だから、移行したことを本人が気付くことはないの。

歩　そんな、まさか！　一体いつ移行するの？

葵海　最終審判は、２０３０年前後ね。

概ねその頃には、地球は二つの世界に分かれているでしょう。

今、一人一人が自分の生きる世界を決めている最中なのよ。

歩　２０３０年ってあと3年しかないよ！

葵海　２０３０～２０３５年の間で量子コンピュータが完成し、プレシンギュラリティが実現するのよ。

同時に６Ｇ時代が到来し、超高速、超低遅延、多数同時接続が実現し、バーチャル空間で生活ができるようになるのよ。

量子コンピュータの完成は、ＣＥＬＮの働きはどんどん加速し、異次元世界のポータルをさらに開くことになるわ。

６Ｇ社会が世界を大きく変える

歩　異次元世界のポータルが開くって……。

さっきも言っていた、仮想空間の社会が到来するんだね。

それにしても、数年前に５Ｇが開始されたばかりのに、もう６Ｇの時代になるんだね。

たしかに振り返れば、３Ｇ、４Ｇと、ほぼ10年ごとに移動体通信は目まぐるしいスピードで新しいステージになったね。

葵海　６Ｇ時代は２０３０年からよ。

量子コンピュータの実用化が進むと、途方もなく膨大なデータが瞬時に処理され、それらが縦横無尽にリアルタイムで世界を駆けめぐる基盤が整うことになるのよ。

仮想空間と現実空間はリアルタイムで瞬時に相互接続が可能になるわ。

あらゆる機械やサービスにＡＩ（人工知能）が組み込まれ、目の前にいるのが人なのかＡＩなのかを気にすることなくコミュニケーションを取るようになるわ。

歩　目の前にいるのが、ＡＩか人かを判断しなくなるだって⁉

それは、どういうこと？　日常生活において、常に仮想空間があるって感じなのかな？

葵海　そうね。すべての産業でデジタル化が構築される。

歩　すべての産業で？　それは言い過ぎでしょ？

葵海　そんなことはないわ。

それこそすべての産業において、デジタル化やＡＩやロボット技術は取り入れられるわ。

１．製造業…自動車製造、電子機器製造、食品加工業、化学工業、金属加工業など
２．サービス業…銀行、保険、金融、ＩＴ、コンサルティング、教育、研究など
３．情報技術業…ソフトウエア開発、ハードウエア製造、ネットワークサービス、インターネットプロバイダーなど

4. エネルギー産業…石油・ガス産業、再生可能エネルギー、電力会社など
5. 建設業…住宅建設、商業施設建設、インフラ建設など
6. 農業、林業、漁業…穀物栽培、養豚養鶏、木材生産、漁業など
7. 健康、医療産業…医療機器製造、製薬業、医療サービスなど
8. 観光業…ホテルや宿泊施設、航空や旅行サービス、観光地運営など
9. 通信業…電話やモバイル通信事業者、インターネットプロバイダーなど
10・環境関連産業…リサイクル業、環境保護技術、持続可能なエネルギー開発など

これらの様々な産業でデジタル技術やＡＩやロボット技術が活用されていくのよ。

「気づけよ、日本人！」から「選べよ、日本人！」へ

葵海　これまでの産業に加え、第四次産業革命により、新たに生まれる産業もあるわ。
具体的には、
1－人工知能と機械学習の産業

2－バイオテクノロジーとゲノム編集の産業
3－宇宙産業
4－サイバーセキュリティ産業
5－ＡＲ（拡張現実）技術とＶＲ（仮想現実）技術の産業
6－量子コンピュータ産業
7－モビリティサービス産業
などがそれね。

歩　それにしても様々な分野において、デジタル技術、人工知能技術、ロボット技術が使われていくなんて……。世界がだいぶ変わっていくんだね。

葵海　ＡＩにより仮想空間で予測し判断したことが、６Ｇにより現実空間に瞬時にフィードバックされる。

ＡＩが次の産業革命を引き起こすと仮定するならば、６Ｇは不可欠であり、６Ｇ通信インフラが新たな都市であるスマートシティに導入されるのよ。

ＡＲ（拡張現実）技術やＶＲ（仮想現実）技術がさらに拍車をかけるのよ。

人とＡＩやロボット、さらにＣＧが溶け合った社会が当たり前となっていくのよ。

歩　あと数年で随分と変わるもんだ。ついて行けるか心配だよ。

そういえば、内閣府は、次世代の社会は、現実と仮想の世界が高度に融合した「サイバー・フィジカル・システム（ＣＰＳ）」がベースになると言っている。

葵海　そうよ。つまり、現実世界の情報がそのままデジタルの世界にも存在し、世界が二つあるかのような状態（デジタルツイン）を作り出すということよ。

歩　内閣府は、このサイバー化された社会を「Society 5.0」と定義しており、経済発展や社会的課題解決を推進するための目指すべき形として示しているね。

それにしても、同時に二つの世界が存在する社会って……。

まさか、さっき言っていた、新しい地球と古い地球のことじゃないよね。

葵海　ふふふ。そのまさかよ！

一人一人が決めていくことになるのよ。

そして、もう始まっているのよ。

気づく自由も、気づかない自由も、向き合う自由も、見て見ぬ振りをする自由も、一人一人に与えられているのよ。

「気づけよ！　日本人」から「選べよ！　日本人」の時代が訪れているのよ。

ムーンショット計画は肉体を次元上昇させること

歩 そう言われてもイメージがつかないなぁ。リアルとバーチャルを区別できない世界ってどんな感じだろう……。

葵海 なんてことないわ。あなたが数年前に出会ったという老人を想像してみたらいいわよ。彼はバーチャルの人物だったはずよ。

歩 あっ！ そういえば……。

葵海 「Society 5.0」の世界では、８Ｋを超える超高精細映像が実現し、立体ホログラムがつくれるのよ。
この時計に映し出される３Ｄ映像もそうね。
そして、歩の分身（ホログラム）を別の国に送ることも可能になるわ。
最終的には、時間軸の移動ができるようになるのよ。

歩 えーっと、想像が追い付かないんだけど……。
立体ホログラムと時間軸の移動がどう関係しているの？

葵海 別の時代にあなたの分身（ホログラム）を映し出し、意識を投影することで、疑似的にタイムトラベルすることができるってことよ。

歩　なんてこった！　そりゃタイムトラベルそのものじゃないか。

葵海　そのホログラムは人間の五感では、本物とは区別がつかないほど精巧になってくるのよ。そして、現実世界と同様にコミュニケーションを取れるようになるわ。

歩　本物と区別がつかない俺を他の国に送ることが可能だって⁉
しかも、時代も別の時代に……。
それも何体も？　まさか、想像もつかないや！
そんなことが、倫理的に許されるのかい？

葵海　科学技術の進展は歯止めが利かないのね。
いずれは、旅行やスポーツや仕事をバーチャルで行うこともできるし、食事などの日常生活もバーチャルで行うことができるようになるわ。

歩　総務省の掲げるムーンショット計画では、「人が身体、脳、空間、時間から解放された社会を実現する」となっているんだけど、これはどういうことなんだろ？

葵海　デジタル空間とリアル空間が、まったく垣根なく行き来できるということよ。
これにより、時空を超えることさえできるのよ。
肉体（物体）は時空を超えられないけど、意識は超えられると言ったわよね。
２０５０年頃には、意識のパラレルワールドが実現できるのよ。

その頃には、人類の意識は何度でも月や火星に行っているわ！

「サイバネティックアバター」というのがあって、それは単なるインターネット上のアバターとは異なり、ロボットや３Ｄホログラムを利用することで実質分身をあなたの意識が動かせるようになることよ。

そして、最終的に動かす対象物は、３Ｄホログラムから３Ｄプリンターで作られた物質になるのよ。

神の杖が発動する条件

歩　いやー信じられないよ。

まったくついて行けない！　そんな世界が現実に起こるなんて……。

ところで、話を戻すけど、先ほど、地球は6回ほど滅びかけたと言っていたよね。

具体的な話を聞きたいのだけど……。

葵海　そうね。たとえば、恐竜時代がそれね。

あと有名なのはアトランティス文明やレムリア文明、そしてムー文明ね。

歩　恐竜時代なら知っている。

たしか、約2億5000万年続いた恐竜時代は、約6600万年前に滅びたんだよね。

しかし、恐竜の絶滅は小惑星の衝突によるものだったのだから仕方ないよ。

葵海　違うわ！

小惑星の衝突ってことになっている今の歴史は、正しくないの。

あの時代は物質性は進展しなかったが、恐竜たちの「争い」と「恐れ」がピークに達していた。

その結果、「神の杖」が降りたの。

歩　えっ、神の杖？

葵海　ええ。遥か彼方の宇宙から地球を管理している異星人たちによる地球防衛連合帯ね。

当時、恐竜を一瞬で絶滅させるのにふさわしい方法として、小惑星の衝突と同規模の衝撃波が決まったの。それはユカタン半島付近に投下されたわ。もし本当に小惑星が衝突していたのなら、今でも残骸が確認できるはずだけど、見つかってないわよね。

歩　なんだって！　では、恐竜の絶滅は直径10㎞以上の小惑星の衝突ではなく、異星人の地球防衛連合帯による爆撃だったということ？

葵海　……。うん、それ以外に方法はなかったから、仕方なかったのよ……。
あのまま恐竜を放置していたら、他の動植物は絶滅し、恐竜だけが生き残り、地球は
恐竜の支配する場所になっていたわ。食物連鎖は極端にバランスを崩し、最終的には恐
竜も絶滅に向かっていたことでしょう。
最期まで待ったわ。恐竜たちがその事実に気付くのを……。
しかし、残念なことに、恐竜たちは気づくどころか、個体数を増やし、すべての大陸
で自分たちの勢力をどんどんと広げていったわ。
歩　恐竜たちが極端に増え過ぎたということだよね。
葵海　ええ。地球は明らかにバランスを崩し、限界が迫っていたわ。
ギリギリのタイミングまで待ったけど、最後は仕方なかったのね。
歩　恐竜は食物ピラミットの最上位にいたからこそ、自分たちで何とかしなければ
いけなかったんだね。
恐竜の知能では気づけなかったのかなあ。
食物連鎖にはバランスが大切だっていうことを……。
葵海　人間も今、同じことをしているのよ！
今の地球人も自分勝手な人たちが増えてしまったわ。
現在の地球では人類が過剰に増加しているの。

まるで恐竜時代と同じだわ。

同じ過ちが似た形で繰り返されているのね。

歩　まるで哲学者フリードリッヒ・ニーチェの永劫回帰だね。

葵海　そうね。ニーチェは同じようなことが繰り返されるけれども、まったく同じ道を辿らずに成長し、発展するものだと語っていたわ。

つまり、7回目の今回は地球人が同じ過ちを繰り返さない最後のチャンスとなるのよ。

西暦が始まった、今から２０２7年前の地球の人口はわずか約3億人ほどだったわ。

そして、産業革命が始まった直近の２５０年間で人類の数は、約10億人から約80億人の約8倍になったわ。

とりわけ、近代史以降の１５０年間では、約13億人から約80億に増加し、約6倍ね。

その一方で、他の動植物は絶滅の危機に瀕し、今現在、1年間に4万種類以上の生物が絶滅しているの。

歩　そうか。今は恐竜時代と同じ状況にあるんだね。

人類と他の動植物は共存を目指さなければいけないね。

失われたレムリア大陸は、秘境の楽園リゾート

歩　では、もう一つのアトランティス文明とレムリア文明が存在していたというのは、やっぱり逸話ではなかったの？

葵海　約６６００万年前に恐竜時代が終わり、超氷河期を経て、今度は知性のある人類を地球に送り込んだのよ。その知性のある人類は、別々の大陸で生活しており、両者は対極にある文明を築いていた。地球防衛連合帯は、この社会に二極をつくったのよ。対極にある二つからお互いが学べるからね。

アトランティス文明は物質主義が強く、支配と依存と科学技術の国だった。まるで現在の西洋のアングロサクソン社会のようね。

一方のレムリア文明は精神主義が高く、愛と魔法の国ね。

しばらくの間、両者は交わらないように生活を送っていたわ。大陸も離れていたため、数百年前まで両者は独立して暮らしていたの。その後、数百年にわたる争いが続き、解決されることはなかった。最終的に、アトランティス文明とレムリア文明の対立が悪化し、両方の大陸が海に沈んだの。

歩　両方の大陸が海に沈んだ……、残念だ。
でも、別々に暮らしていたのに、なぜ両者は争うことになってしまったんだろう。
葵海　文明が進んだアトランティスは、この世界の支配を望んでいたわ。
自分たちが支配する領土をどんどん拡大していったのね。まるで、恐竜のようにね。
その魔の手は、楽園の秘境の地「レムリア大陸」に向けられた。
精神性が高く、争いや支配を好まないレムリア人たちはそれを望んでいなかったのに、
アトランティス人たちは支配の手を止めることはなかった。
最終戦争に進んだ時、アトランティス人たちはついに核兵器を大量に使用しようする
ことを決意した。
その瞬間に異星人たちによる地球防衛連合帯の「神の杖」が発動し、アトランティス
大陸もレムリア大陸も一部分を残し、一夜にして同時に海底に沈んだわ。
その後に浮上したのがムー大陸よ。ムー大陸については後で話すわ。
歩　そうなのか……。海に沈んだという噂は本当だったのか。
レムリア大陸は太平洋にあり、アトランティス大陸は大西洋にあったのだよね？
葵海　レムリア大陸は、太平洋ではなくインド洋ね。
太平洋にあったのは、その後に浮上した幻の大陸「ムー大陸」よ。
歩　レムリア大陸はインド洋か。

インド洋にも不思議な島々が多いけど、その名残なのかな。

葵海　そうね。たとえば、マダガスカル島、インド洋に浮かぶセーシェル諸島、モルディブ諸島、モーリシャス共和国、レユニオン島などがそれよ。

歩　へぇ。たしかに、自然が豊かで、精神性が高く、楽園という感じがする島々が多いね。

葵海　たとえば、セーシェル第二の島であるプララン島の別名は「レムリアリゾート」よ。他にも、神智学者で有名なブラヴァツキー夫人、アニー・ベサント、予言者で有名なエドガー・ケーシー、人智学の創始者ルドルフ・シュタイナーなどが、靈視によってレムリアの存在を確認しているわ。

歩　それだけの状況証拠がそろっているんじゃや、幻のレムリア大陸は実在したんだね。

レムリア文明の秘密はマダガスカル島にある

歩　それにしても、レムリア大陸は随分と広範囲に広がっていたんだね。

葵海　１９８４年にイギリスの動物学者フィィリップ・ラトリー・スクレーターが、南アフリカ南東部沖にあるマダガスカル島を調べていて、かつてのレムリアの存在に気が付いたの。

歩　たしか、マダガスカル島は約６５００万年以上前にコンドワナ大陸から切り離されたんだよね？

葵海　違うわ。大陸移動説によれば、マダガスカル島だけがアフリカ大陸から切り離されたとされているけど、一部の島だけが分離されるのはやや不自然な感じがするわ。正確には約６５００万年前に大陸が沈む約2万６０００年前までの間は、レムリア大陸を介してインド亜大陸と繋がっていたのよ。

歩　そうか。レムリア大陸が隠されているのか。では、大陸移動説は正しくないと言うのかい？

葵海　大陸移動説もダーウィンの進化論も、科学において絶対的に証明されたものではないわ。

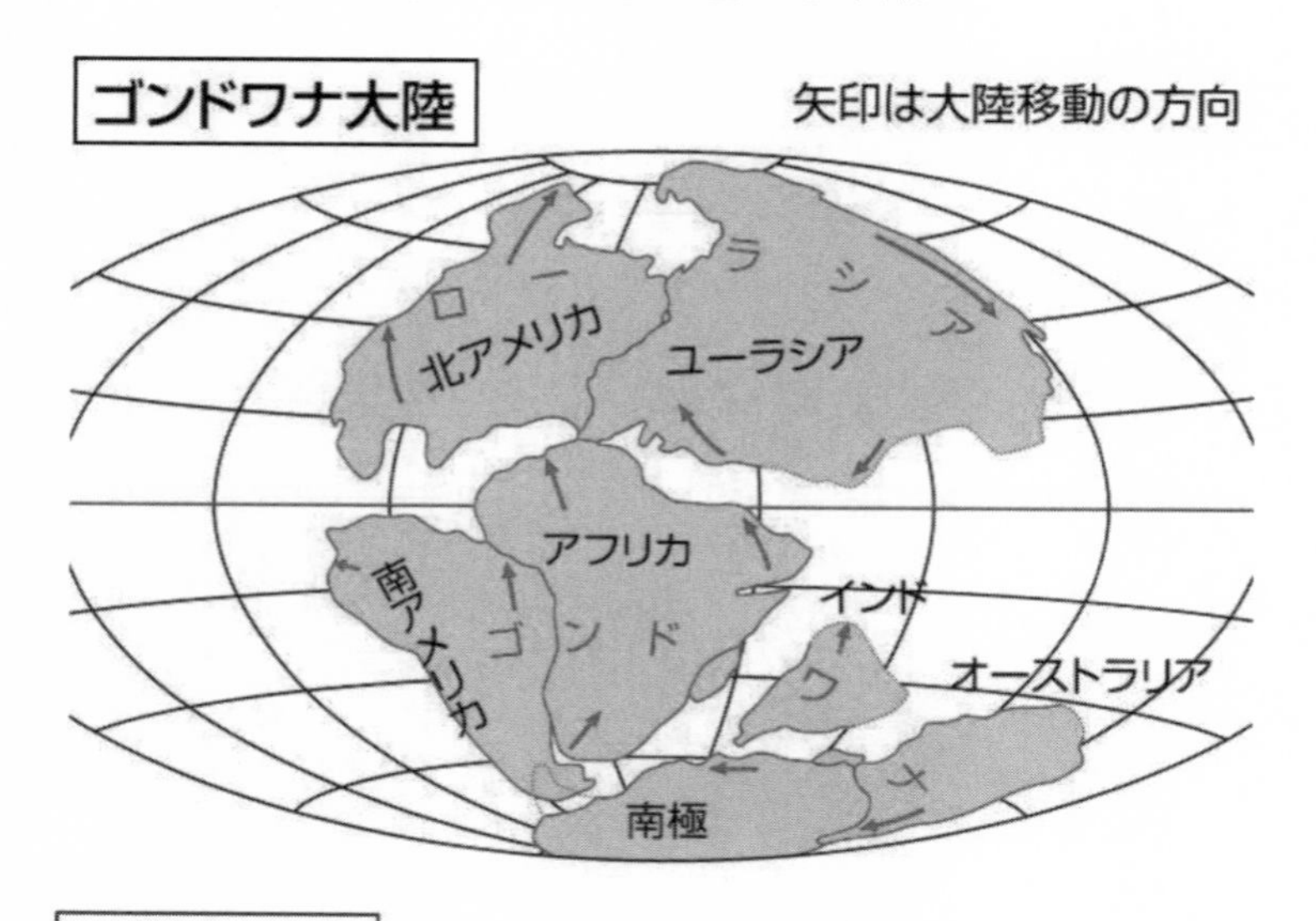

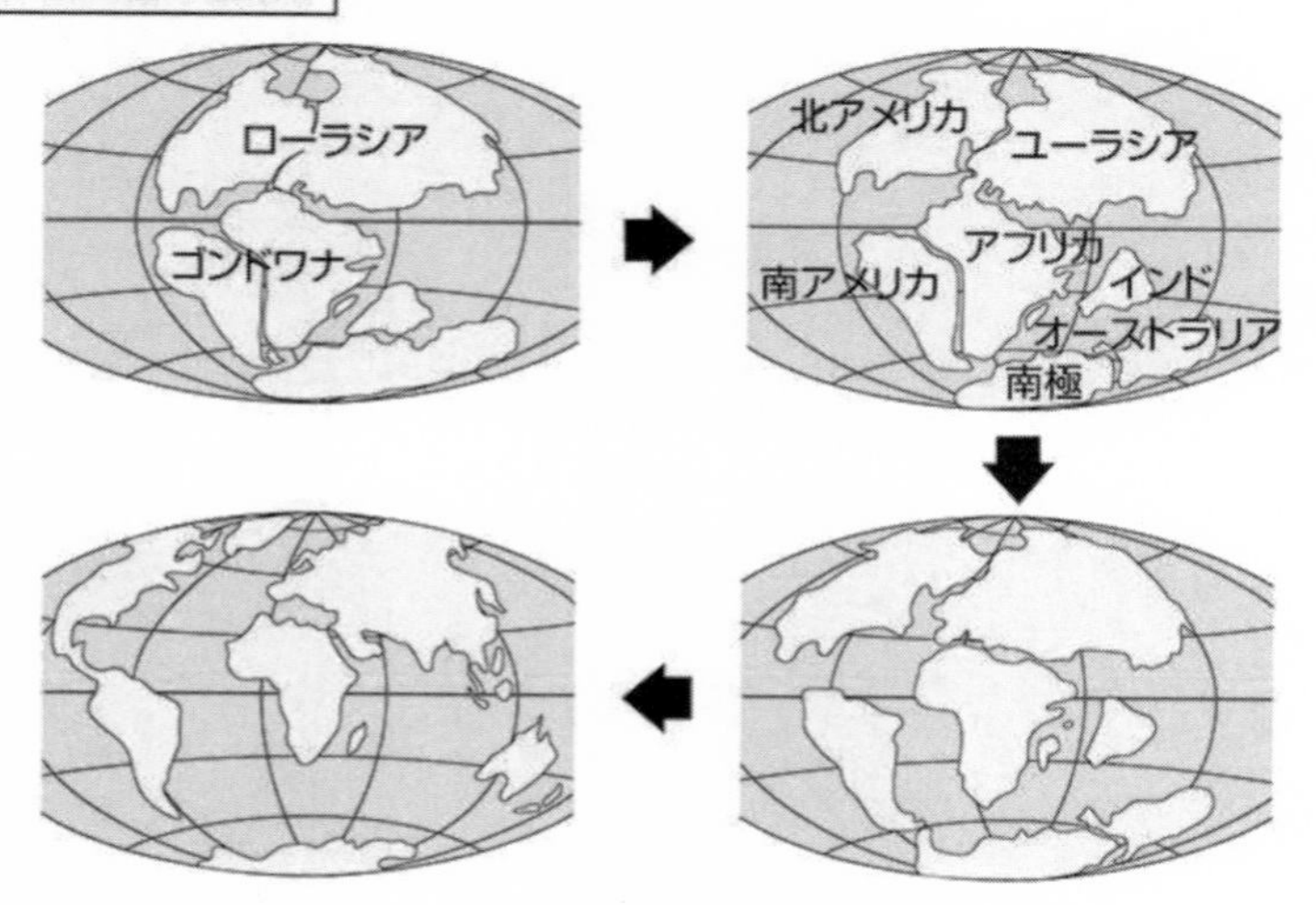

図４　コンドワナ大陸と大陸移動説

歩 たしかに、約６５００万年前は、恐竜の絶滅期と時期が重なるね。

葵海 そうよ。「神の杖」で恐竜が絶滅し、一時的な超氷河期が訪れ、その後インド洋に新たな大陸が浮上したのがレムリア大陸なのよ！

インド亜大陸からマダガスカル島まで繋がっていたのよ。

歩 なるほど。最終的に沈んだ後の名残が、今のマダガスカル島ってことだね。

葵海 それ以来、外界と接触することなく、島として世界第４位の面積を有することから、マダガスカル島には独自の生態系が残されてきた。

非常に多くの固有種が存在し、その中でも鳥類は特に多様で、約２００種以上の固有種がマダガスカル島に生息しているわ。

歩 鳥類の固定種は２００種類以上もいるんだね。

葵海 爬虫類は約３００種、両生類はカエルだけでも２００種以上が見つかっている。

植物についても、世界に８種類しか存在しないバオバブのうち、なんと６種類がマダガスカルだけの固有種と言われている。

哺乳類では特に、サルの仲間がユニークであることで知られているわ。

日本の童謡でおなじみのアイアイや、尻尾が愛らしいワオキツネザル、なぜか地面を飛び跳ねて移動するベローシファアカなどは、やはりマダガスカルの固有種なのよ。

歩 外界から離れていると、独自の生態系が守られるんだね。
葵海 その後、動物学者フィリップ・スクレーターは、マダガスカル島にのみ生息しているはずの「キツネザル」の化石をなぜかインドで発見した。
また、キツネザルの近縁の原猿類が、東南アジアにも生息していることに気付いた。
歩 今の地図じゃ、インドとマダガスカル島はかなり離れているね。
葵海 他にも、地質学者のウィリアム・トーマス・ブランフォードが中央インドの地層や化石が南アフリカと似ていることに気づいた。このことが、インド洋にレムリア大陸があって、マダガスカル島まで繋がっていたのではないかという仮説に繋がったのよ。
歩 なるほど。公式にはマダガスカル島は6500万年以上も大陸から切り離されているにも関わらず、インド洋で化石が見つかるのは不可思議だね。
葵海 そうね。超氷河期時代と重ねると、大陸移動説では説明がつかないのよ。
その前は超氷河期で生命体も少なかったはずだ。
歩 ところで、レムリア人はアイアイに似ていたのかな?
葵海 もともとはアイアイやレムールなどのキツネザル属のような猿人の中に、他の靈性レベルの高い惑星の魂が入ったの。今はもちろん違うわよ。
歩 やっぱりそうなんだあ。アイアイの祖先がレムリア人だったんだ!
葵海 レムリアの語源はキツネザル属のレムールから来ているのよ。

要するに、「レムリアの国」というのは、「キツネザルの国」という意味であり、ラテン語では妖怪や化物、幽霊を意味するの。

レムリア人は半物質で半霊体だったため、幽霊や妖怪として表現されたのね。

彼らは、超能力を使い、高い知能と精神性を持ち、芸術が盛んな文明だったのよ。

歩 へぇ。変わった名前だと思っていたんだけど、もしかして、アイアイは「愛愛」から来ているとか?

葵海 レムリアは「愛」の惑星だったからその可能性もあるわね。

今の文明の起源はムー大陸

葵海 そして、レムリア人は、両性具有の人種だった。

歩 両性具有ということは男女の区別がなかったということ?

葵海 ええ。それどころか、人間のように「子どもを生む」のではなく、意識だけで子どもを作り上げることができたの。

歩 意識で子どもを作る？ そりゃ、ぶっ飛んでいるな。魔法使いじゃあるまいし。

葵海 レムリア人の魂は高次元の霊性であり、今の地球では考えられないような超能力を使っていたのよ。まるで、魔法使いのようにね。

歩 レムリア大陸が沈んだのは約12000年前という説もあるみたいだね。

葵海 時期や内容はそれぞれの世界線により多少異なるのだけど、約26000年前よ。地球の重要な周期として約25920年周期というのがあるの。12星座や太陽と地球の歳差運動が影響しているのよ。

歩 同じことを火星から来た老人も言っていたな。

25920年は、2160年×12星座であり、地球の歳差運動でもある。25920年の前半と後半で、人類の精神主義と物質主義の意識変容が交互にやって来るって言ってた。

葵海 ええそうね。

25920年は、360年×72でもあるし、1440×18でもある。一つの文明は、25920年の半分の12960年で一度試練を迎えるのよ。必ずしも文明が終焉するという訳ではないけど、文明にも寿命があるということよ。

歩 『ガイアの法則』でも触れられていた通り、やはり文明には寿命があるんだあ。

葵海 ええ。文明が発達し、自然のバランスが崩れると、人は利己的な行動をとり、地球との調和が難しくなるのよ。

地球が存続できないと判断されると、最終的には神の杖という形で審判が下りるのよ。文献などでよく出てくる12000年前というのは、12960年のことね。最後の氷河期が終わり、地球全体の海面水位が50m以上も上昇したというのが、12000年前説の根拠となっているようね。もちろん、そこまで古くなると世界線によって大きく違いは出てくるわ。

これは後で話す、ムー大陸と関係しているわ。ムー大陸が今の文明の起源なのよ。

・これまで6回あったとされる生命の大量絶滅期

1 約4億4400万年前（オルドビス紀末）…海に住む三葉虫、腕足動物（貝に似た生物）などの多くが絶滅した。

2 約3億7400万年前（デボン紀後期）…陸上に進出を始めていた植物や動物、海に住む甲冑魚（硬い外骨格を持つ魚）などの古代魚が絶滅した。

3 約2億5100万年前（ペルム紀末）…全生物の9割以上の真核生物が絶滅した。生命体の史上最大の絶滅だった。

4 約1億9960万年前（三畳紀末）…海中のアンモナイト、陸上の大型爬虫類などが絶滅した。

5―約6600万年前（白亜紀末）…小惑星が地球に落下し、その影響を受けて恐竜など多くの生物が絶滅した。
6―約26000年前…アトランティス人とレムリア人の大半が絶滅した。

歩　ムー大陸か。神話も混同しているのだなあ。
葵海　レムリア大陸とアトランティス大陸が沈んだのは約26000年前よ。天変地異が起こり、ある日突然、不気味な地鳴りと大地震が発生したの。まるで、今のようにね。
歩　今のように⁉　びっくりさせないでくれよ。
葵海　地球のポールシフト（地軸変動）が起こり、地殻変動と巨大津波が発生し、一夜にして大陸が沈んだのよ。結局、核戦争は回避され、地球は守られたわ。
歩　今も地球上には、多数の核兵器が廃絶されずに残っているね。
葵海　トリガーを引いたらまた同じことが起きるのよ。地球人は間違った判断をしてはいけない！
歩　再び、人類には大きな試練が迫っているんだね。

時代の大転換は占星術で読み解ける

歩　歳差運動は、文明の１６１１年周期が16スピンで、１６１１×16＝２５７７６年という説もあるんだよね。

葵海　厳密に言えば、その二つの値の差である、２５９２０年―２５７７６年＝１４４年（＝12×12）は移行期と考えてもいいわ。

歩　なるほど。だから、風の時代の象徴である、みずがめ座の時代に突入した年は、２０００年説と２０１２年説と２０２０年説があるのかぁ。

葵海　ええ、そうね。それぞれの星座により、突入する時期が異なるのよ。また、惑星は順行と逆行があり、一度入った後、また元の星座に戻ったりするからね。

歩　木星と土星が、風の時代である「みずがめ座」に突入したのが、２０００年～２０２０年だったたってことだね。

葵海　２０２０年12月22日は、20年ぶりに木星と土星がグレート・コンジャクションした（重なった）日ね。

そして、これまでは火の時代（おひつじ座、いて座、しし座）や土の時代（やぎ座、おとめ座、おうし座）でのグレート・コンジャクションだったんだけど、今回は風の時代にミューテンション（時代の変更）して重なったんだ。

これは２４０年ぶりの出来事で、エレメントが風の時代から水の時代に変更がされるタイミングだったのよ。三つのエレメントのうち、もう一つは風の時代（ふたご座、てんびん座、みずがめ座）ね。

歩　グレート・コンジャクションは20年に一度みたいだけど、中でも特に重要なイベントだったんだね。

葵海　木星と土星が、風の時代であるみずがめ座の中で重なったことが重要なのよ！要するにこれからは、やぎ座やうお座の「権威主義や全体主義」から、みずがめ座の「平等主義、自由意志主義」という社会になっていくってことよ。

・重要な三回の覚醒期

１　２０２０年11月1日から12月16日…やぎ座でトリプル・コンジャクション（木星、土星、冥王星）した。旧体制と向き合う時期であり、大いなる目覚めを加速させた。

２　２０２０年12月22日…みずがめ座でグレート・コンジャクション（木星、土星）した。２４０年ぶりに、土の時代から風の時代にミューテーションした。

3―　2023年3月23日（一回目）、2024年1月21日（二回目）…冥王星がみずがめ座に入り、（逆行期間）、時代の変容を加速させた。

歩　へえー、それは興味深いね。社会的な権威はどんどん力を失いつつあるね。たしかに、情報媒体もマスメディアから個人メディア（YouTube）に移行してきているし、大企業を退職して独立起業する人も増えているね。

葵海　これからは大企業やマスメディアなどの大きな組織の方がうまくいかなくなってくるのよ。

歩　それはどういうこと？

葵海　権威者や社会の立場が高いからといって、必ずしもモラルや倫理観が高いとは限らないわ。むしろ逆のケースも多いのよ。

「なぜあんなに立派な人が悪いことに手を染めるの？」と思われるような権威のある人が、不倫や犯罪などの社会のルールを破ることがあるよね。

これを社会心理学で「モラル信任効果」と言うわ。

これは、特定の権威的な地位にある人物に対して、その人物がモラルや倫理観を守っていると信じがちな心理的な傾向を指すの。

自らが立派であること、社会の役に立っていることを認識しているがゆえに、「自分はこれだけ素晴らしいのだから、多少倫理や道徳に反するようなことを行ったとしても許されるだろう」と無意識のうちに考えてしまう「認知バイアス」が働くことがあるのね。

歩　ここでも認知バイアスが出て来た。つまり、驕り高ぶってしまうってことだね。

葵海　政治家や官僚や大企業役員の汚職や不祥事は、これまでもたくさんあったわ。今までは権威主義やムラ社会のぅお座時代だったから、政治家や官僚は特権的に見逃されたというのもあったのよ。

でもこれからは、何と言っても平等主義のみずがめ座の時代だからね。

そのような不祥事はどんどん表に出てくるのよ！

歩　力やお金がある人たちが、裏で手をまわして刑を軽くするなんて不公平だよ！

葵海　そうね。これからは平等主義がもっと加速するわよ！

それから、みずがめ座の時代は努力や競争をすればするほど生き辛くなる時代なのよ。

歩　それはどういうこと？

競争は何となく分かるけど、努力をするほど生き辛くなるって……。

葵海　人の我慢には限界があるの。人は努力すればするほど、結果を出せば出すほど、自分に対する自己優越感や自己肯定感が高まるため、また努力をするようになるわ。

そして、結果が出ると努力すること自体が目的化してしまい、努力して結果を出すことが最大の目的となり、倫理や道徳に反することを許容するようになるわ。

だから、「自分はこれだけ頑張って結果も出したんだから、少しくらい良くないことをしても許されるよね」って考えるようになるのよ。

歩　んー、なんとなく分かる。ダイエットをしている時、結果が出てくると、「少しくらいは体に悪い甘いものを食べてもいいかな」って考えてしまうことがあるよね。

葵海　そのたとえはちょっと軽いわね。努力しているという感覚があるだけで、自分がすごい人間になったような錯覚を覚えるのよ。つまり、努力が自分を過保護にするのよ！

歩　努力が免罪符となっているってことだね。

葵海　話を戻すと、土（地）の時代は文字通り、土地をめぐる争いであり、戦争が世界中で起きていたの。でも、これからは戦争もなくなっていくのよ。

また、「土地」には、この世で形あるお金や物質的なことも含まれており、土地に根ざす鉱物や資源、エネルギーを持つものが権威を持っていた時代でもあるのよ。

しかしこれからは、知性や情報が重視されるのよ。ＡＩはその筆頭ね。

また、みずがめ座はしし座がキーパーソンなのよ。

二つの星座はホロスコープ上で対極にあるんだけど、対極にある者同士が争わず統合すると、輝いて生き生きと人生を謳歌できるわ。しし座の支配星は太陽ね。

一方、木星と土星は「社会を変える星」なんだけど、木星には「拡大・発展」、土星には「固定化」という意味があり、木星や土星がどの星座に滞在するかは、世界の流れを読み解く上でとても重要なのよ。
因みに、木星の公転周期が、11．86年で、土星の公転周期は29．46年ね。

歩　みずがめ座の時代はワクワクする時代だね。
2012年の冬至は、マヤ暦で第5の時代の終焉とされていたけど関係あるのかな。

葵海　マヤ暦のカレンダーは、紀元前3114年から始まっており、約5126年のサイクルの新たな始まりが2012年とされていたわ。約5126年のサイクルの新たな時代の始まりという意味から、2012年は「人類の意識が拡張する年＝アセンションする年＝争いと支配の第5の文明が終焉する年」という解釈になったの。

破壊と創造の冥王星が2024年にみずがめ座に突入した意味

葵海　因みに、天王星、海王星、冥王星はトランスサタニアンと言い、「時代を変える星」なのよ。

その中でも、1930年に発見され、地球も入れた9惑星の中で太陽系から最も遠い軌道を運行する冥王星は、2024年11月20日に完全にみずがめ座に入ったわ！

冥王星のみずがめ座の時代は、2043年3月までの19年間よ。

これで本格的な風の時代、みずがめ座の時代に入ったのよ。

歩　2024年も2012年から12年目だね。12年周期になっているね！

・冥王星がやぎ座に滞在する期間
2008年1月26日　から　2023年3月23日（順行期間）
2023年6月11日　から　2024年1月21日（逆行期間）
2024年9月2日　から　2024年11月20日（逆行期間）
・冥王星がみずがめ座に滞在する期間
2023年3月23日　から　2023年6月11日（逆行期間）
2024年1月21日　から　2024年9月2日（逆行期間）
2024年11月20日　から　2043年3月（順行期間）

葵海　冥王星の公転周期は248．5年ね。
だから、その日を境に本格的なみずがめ座の時代が到来したのよ！

・やぎ座の時代の特徴
1 経済、マネー
2 仕事、組織
3 縦社会
4 努力、真面目
5 名誉、名声、権威、権力

・みずがめ座の時代の特徴
1 自由、自由意志
2 個性、ユニーク
3 個人、横社会
4 平和、博愛主義、ボーダレス
5 平等、フェア、偏見のない、素直
6 常識に捉われない、柔軟性
7 自立
8 知性、論理的

9 情報テクノロジー、ＡＩ

葵海　これまでの時代である「うお座の時代」や「冥王星のやぎ座の時代」は、同調圧力、組織重視、閉塞感、保守的、競争や闘い、支配、規律、常識などを重んじていたのよ。

歩　そこから大きく変わるんだね。

葵海　１８０度変わると言ってもいいわね。まさに、破壊と創造ね。

そして、その破壊と創造に強力な影響を及ぼすのが冥王星よ。

冥王星は破壊と創造の星とされており、外惑星（火星、木星、土星、天王星、海王星、冥王星）の一つだから、地球と人類に大変化をもたらす星とされているのよ。

冥王星は太陽系を牛耳る「天空の覇者」の異名を持つわ。

２００６年に太陽系の惑星から準惑星に変更区分されたけど、９惑星の中で最も強力なエネルギーを持つのが冥王星とされているのよ！

・冥王星の特徴

1 破壊と創造

2 死と誕生、生まれ変わり

ノアの方舟が降りたのは伝説のムー大陸だった

歩　こう見ると、たしかに今は時代の過渡期、転換期にあるようだね。それにしても、「代わりにムー大陸が浮上した」という話が気になって仕方がないんだけど……。

葵海　ノアの方舟って聞いたことある？

歩　あー、旧約聖書に出てくるやつだよね。

葵海　そうよ。旧約聖書の創成期の6～9章ね。簡単に要約するとこうね。

「人類の創造主である神様が、悪い人間が増えたことを悲しみ、人類を滅亡させようと大洪水を起こす。大雨と洪水は40日40夜続き、地上の生きとし生けるものすべてを滅ぼした。しかし、人類の中で唯一、清く正しい心を持った「ノア」だけが、神様に生き残りを許され、方舟を作り、家族や動物たちと洪水を乗り切りった」

歩　人類の中で唯一、清く正しい心を持った者だけが、生き残りを許されたのか。

葵海　その他にも『ギルガメッシュ叙事詩』や『シュメールの洪水神話』にも洪水の話が登場するわ。今もまさにその時代ね。

歩　ノアの方舟は、トルコの山にたどり着いたのか。

葵海　その神話ではそうね。でも、本当はムー大陸の山だったのよ。

歩　神話では、ノアの方舟が辿り着いたとされるのが、トルコの山「アララト山」よね。アメリカのカルフォルニアにシャスタ山という神聖な山があるんだけど、ノアの方舟はそこに降り立ったわ。

歩　カルフォルニアのシャスタ山だったんだ。カリフォルニアはムー大陸の一部だったの？

葵海　大陸は繋がっていたのよ。アトランティス大陸とレムリア大陸が沈没する時、調和を実現できる清く正しい心を持った人類のみが五大陸から選ばれ、大洪水から救出され、新たに太平洋に浮上させたムー大陸に集めたのよ。ムー大陸の名残は、今のハワイ、イースター島、タチヒ、フィジー、マリアナ諸島などね。

失われたムー大陸は、愛と調和の神の大陸だった

葵海 そして、ここ日本もムー大陸の一部だったのよ。

歩 やっぱり！ 日本もムー大陸の一部だったのかぁ。

葵海 沖縄県立博物館に展示されている線刻石板には、ムーのシンボルマークとよく似たものが描かれており、沖縄の海はムー大陸と密接な関係があったことが分かっている。また、沖縄から台湾沖に達する東シナ海・北太平洋の海底に人工構造物が多数発見されているわ。与那国島、栗国島、さらにはケラマ諸島沖でも発見されている。具体的には直角に加工された階段式ピラミッド、直径二メートルほどの円柱跡、道路のような石畳などよ。

歩 沖縄近海の海底遺跡は、やはりムー大陸の名残だったのか。

葵海 ムー大陸は伝説であり、実際には存在しなかったと主張する学者もいるけど、

一方でこの地域で理解しがたいほどの高度な文明や遺跡が他にも発見されているわ。イースター島の９００体ものモアイ像や、ペルーのクスコにあるサクサイワマン要塞が有名ね。モアイ像はハワイやポリネシア、ソロモン諸島などでも見つかっているわ。

歩　モアイ像が太平洋の各島々に点在して見つかっているのは不思議だったんだけど、大陸が繋がっていたんだね。

葵海　大陸が海に沈む前は陸地で繋がっていたのよ。

歩　ムー大陸は，全人類の生誕地であるという噂を聞いたことがあるんだけど、ムー大陸はやっぱり沈んだのか。

葵海　そうね。さっきも話したけど、地球には何度か文明が生まれては消滅しているのよ。今の文明の起点という意味では、ムー文明が始まりといえるわね。

ムー大陸では、様々な人種が共存していたわ。白人、黒人、黄色人種、赤人、青人という五つの異なる人種が、初めはいがみ合うこともなく豊かに暮らしていたの。

最大で６４００万人が調和して暮らしていたわ。

歩　一つの島で６４００万人も共存していたんだね。

葵海　ムー大陸が沈む時に、一部残った五色人は、それぞれの大陸に散らばったのよ。

白人はヨーロッパ人、黒人はアフリカ人、黄色人種はアジア人、赤人はアメリカ人、青人はオセアニア・オーストラリア人よ。

歩　五色人というのは、ムー大陸からそれぞれの大陸に散らばった五大陸の五種類の人種だったんだ！　そういう意味だったのかあ。
五輪マークは五大陸を示していると聞いたことがあるけど、白色の代わりに緑色になっているね。
葵海　そうね。緑色の輪はヨーロッパ大陸となっているけど、ヨーロッパが緑色って変でしょ。緑色人じゃなく、白人のことよ。
歩　白色だと五輪マークの表記がし難いから緑にしたんだね。
葵海　この五色人の名残である「五色神面」と呼ばれる木製の彫像面が、熊本県山都町の「幣立神宮（へいたてじんぐう）」にあり、社宝として奉納されている。
そのお面は、世界の人類の祖神を象（かた）ったものとされているのよ。
幣立神宮はムー大陸の中でも神聖な場所だったの。
歩　幣立神宮って、九州の熊本県阿蘇山の近くだよね。
たしか、歴史はすごく古くて、15000年前とされている。
葵海　実際はもう少し前ね。ムー文明の時に造られた神社よ。
歩　書物によれば、「神武天皇の孫である健磐龍命（たけいわたつのみこと）がこの地で幣（ぬさ）を立て、宇宙から降臨された神々を祀った。その後、人々はここから世界に散らばった」とされている。

毎年8月23日に「五色神祭（ごしきしんさい）」が行われているね。

・五色神祭とは

主に九州地方で行われる祭りの一つで、五穀豊穣や五方の神々への感謝を祈願する儀式のこと。この祭りでは、五色の五穀や五色の布を用いて神々を祀り、豊作と平和を願う祈りが捧げられる。また、地域によっては、五色の糸で編んだ飾り物や、五色の食べ物を供えるなどの様々な儀式が行われ、五色は五方の神を象徴し、五穀豊穣を祝福する象徴的な意味を持っている。

葵海　五色人が五大陸に散らばったのは、約12960年前ね。ポールシフトで地軸が変わって、大量の氷河が解け、海面が上昇したためよ。

歩　そうか。ムー大陸に住んでいた五色人たちは、生き残るためにそれぞれの大陸へ移動したってことか。このポールシフトも「神の杖」だったってこと？

葵海　そうね。五色人は分離の意識が強くなり、調和や共存をすることができなくなり、地球防衛連合帯による「神の杖」が降りたのよ。

太陽を信仰し、心の繁栄こそが最も大切なことと説いていたムー大陸のラ・ムー王は、人々が次第に利己的な行動に走るようになり、霊性レベルが徐々に低下していたことを危惧していた。

歩　ムー大陸の場合は、大陸同士の争いではなく、人種同士の争いだったんだね。

葵海　日本、ハワイ諸島、ポリネシア、メラネシア、ミクロネシアなどの太平洋諸島諸国には、ムー時代の記憶を持って何度も転生をしている魂が、数多く存在するわ。生まれ変わる魂は、その土地に影響されるのよ。

ムー大陸は、もともとは争いがなく、愛と調和の神々の大陸だったのよ。五大陸に散らばったことにより、魂たちは分離の時代に突入していったのよ。

歩　そっかあ。ムー大陸で統合した意識は、五大陸で分離意識になったんだね。

葵海　そこから１２９６０年が経過して、地球人は再び試されているのよ。ムー大陸の時の意識が、日本人にも芽生えつつあるわ。だから大切なことは、争いの渦中に入り込まないことね。

歩　今の文明の創成期だった「ムー文明」から始まり、今、新たな世界の扉が開き始めたということだね！

ノアの方舟に乗ったアトランティス人

歩　ところで、ヨーロッパ大陸、アフリカ大陸、アジア・ユーラシア大陸、アメリカ大陸、オーストラリア・オセアニア大陸で五大陸って言ってたけど、アメリカ大陸を南北で分けて六大陸、南極も含めると七大陸という考えもあるね。

葵海　ムー文明が始まる前の時代は、アトランティス大陸とレムリア大陸を含めて九つの大陸があったのよ。ちょうど太陽系の惑星の数と同じよね。

歩　九大陸⁉　九つの大陸のうち、アトランティス大陸とレムリア大陸が沈んで、今は七つの大陸になったってことだね。

これからも同じように大陸が沈むこともあり得るの？

葵海　んー、一つ言えることは、現在の地球上の人口爆発が驚異的であることは、紛れもない事実だわ。長い人類の歴史の中で、産業革命以降の２５０年の人口爆発とそれによる、人類の自己中心的で利己的な考えは極端になっているわ。

科学技術が発達し、自然が影響を受ける中で、人類は科学技術で何でもできると勘違いしてしまったのね。最終的には、自然が生み出した食べ物や、人間が持つ自己免疫力さえも、科学によってどうにでもできるって言われているね。

歩　たしかにそうかもね。

葵海　科学技術が発達し、医療施設や公衆衛生施設も整備され、子どもが多い発展途上国の乳幼児の死亡率が激減し、日本のような先進国の寿命が延びたことはとても良いことだわ。

しかし、何事も良いことだけじゃないの。科学技術の発達は人類や文明をより合理化し、豊かな暮らしと引き換えに自然、地球そのものに大きな犠牲を強いて来たわ。

やがて、自然と切り離された人類の精神は、自然に対する畏敬の念すら消え去り、いつしか地球環境を破壊するようになってしまった。

歩　でも、人口爆発は主に発展途上国で起きているよね。先進国では減っているし、とりわけ日本においては、人口減少スピードは世界最速クラスだよ。

葵海　どこの国が正しいとか、間違っているとかではないの。

一人当たりのエネルギー消費量は、先進国の方が途上国よりはるかに多いわ。

たしかに、日本は省エネルギー国家だし、フードロスも少ない。一人当たりのゴミの排出量も先進国の中では少ない方だわ。先進国は日本の取り組みを見習うべきね。

だから、これからは日本の「もったいない精神」や「お陰さま精神」や「お互いさま精神」は、世界に広げていかなければいけないのよ。

日本人にはそういう役目があるの。

日本のような人口減少は、発展途上国などの世界にもいずれ波及するわ。

学者たちの意見は様々で、今の地球環境を最大限に活用すれば、地球は約150億人まで支えられるという説がある。しかし、現実に今の先進国並みの贅沢をすべての人類が続けた場合、地球上で賄える食糧はせいぜい約30億人分に過ぎないの。

歩　約30億人⁉　ってことは地球上の理想的な人口はそれくらいってこと？

葵海　そうね。たとえば、畑を十分に管理しなかった場合、作物の間に雑草など他の食物が過剰に繁茂して、制御が難しい状態になるわね。その際、中々成長しない作物を選別しなければ、作物全体が十分に成育できなくなるでしょ。

これは、まるで今の地球上の人類が同じような状態にあるとも言えるわ。

歩　ということは、元気のない人たちは選別されるってこと？

選別される立場からすると、それはあまりにひどいんじゃないかな。

人口減少を肯定するっていうのかい？

葵海　そうじゃないの！

誰かの手によって間引かれるという考え方が間違っているのよ。

レムリアやアトランティス、ムーのように、ポールシフトによる天変地異が起こる訳ではないわ。

まして、恐竜時代のような小惑星衝突クラスによる神の杖でもない。

だから、これからは一人一人が精神性を上げ、学び、人生を選択していく時代になるのよ。自ら望む世界に行くのよ。一人一人が選ぶことになるのよ。理解できる?

歩　んー、理屈では分かるけど感情的には納得できないなあ。

葵海　そもそも、命=魂というのは分かれていないのよ。

無意識の領域では繋がっているの。

根底にある深層意識では、お互いが支え合っているのよ。

選別されるとか、分かれているという考えが分離の意識なのよ。

それに、命はみな平等に有限なの。無限の命なんてないの。

有限のものに拘るのは、体主靈従的(たいしゅれいじゅうてき)な考えになるの。

これからは、一人一人が無限の魂に意識を向けていく必要があるのよ。

有限なものより無限なものに意識を向け、自己と利他を統合し、体主靈従より靈主体従の想念に変わっていかないといけないのよ。

歩　人口はこのあと、どれくらいになるのだろう。

葵海　それも含め人類の目覚めの度合いよって変わってくるのよ。

人類の目覚めや悟り、意識革命の度合いによって、地球上の適正人口も変わるのよ。

これから日本は、世界に、地球に、大きく貢献していく必要があるのよ。

第二章　愛で満たされる地球

正義対正義は、終わりなき戦い、勝者なき戦いを生む

歩　ところで、レムリアとアトランティスの大陸沈没についてだけど、なぜ地球防衛連合帯は、悪事を仕掛けたアトランティス大陸のみを沈めなかったの？そもそもレムリア人たちは被害者でしょ？

葵海　そうね。まず、地球防衛連合帯は地球を守ることだけを任されているのよ。だから、どちらか一方を残すなんて決められないわ。すべての行いは、それぞれの自由意志に任されているの。宇宙の絶対的な法則として、地球人の自由意志は絶対に奪ってはいけないのよ。誰にも奪えないわ。彼らに任された任務は地球を守ることよ。

歩　そっかあ。地球の防衛帯だもんね。人類の救世主だと勘違いしてはいけないね。

葵海　それから、大宇宙には絶対的な善悪は存在しないの。

歩　善悪の判断基準に絶対的なものはない？

葵海　それぞれには言い分があるわ。

それぞれの立場で見たら、善や悪といった二極を形成しているに過ぎないのよ。

大宇宙には正義も悪も存在しなければ、悪事を裁くという概念がないのよ。

あるのはバランスを均衡させる力や因果律（カルマ）ね。

不均衡となったバランスを元に戻そうとする力は自然界にも存在するわね。

善悪は三次元社会、特にこの地球の人々の考え方に根差しているのよ。

悪があれば善もあるし、悪がない世界は善も存在しないのよ。

善悪がない世界はすべてが無であり、変化や進化がない状態になってしまう。

地球では善悪が存在することで変化や進化が起こるのよ。

歩　言っていることは理解できるけど、心情的には納得いかないよ。
最初に攻撃したアトランティス人は明らかに悪いはずで、仮に攻撃しなければ文明の終焉にまで発展しなかったはずでしょ。それに、核兵器を使用するというレッドラインを超えたのは、アトランティス人でしょ？

葵海　そうね。核兵器の使用はダメよね。でも、レムリア人も戦いを止められなかったわ。それに魔法の力を使って相手を攻撃していたのよ。

それが仮に自分たちを守るためだったとしても、やっていることは相手と同じ。

自分たちを守るためにという正義は、相手にとっては正義じゃないのよ。

そして、戦いは次第にエスカレートしていったわ。

今と同じように、地球環境は悪化し、動植物は絶滅に向かっていった。

歩　そうか。最大の被害者は、地球環境や動植物なのかもね。

今も自然環境や動植物の減少を見れば、似た状況なんだな。

葵海　同じ土俵に乗れば同類で、お互い同じ波動なの。

喧嘩両成敗。類は友を呼ぶのよ。

悪を退治している正義は波動が高いと勘違いしている人もいるわ。

喧嘩も戦争も争いは皆、両者が悪いの。喧嘩両成敗って言うわね。

近年、世界で起こっているロシア対ウクライナの戦争、イスラエルとパレスチナのガザ地区の戦争、アフリカの地域紛争なども同じだわ。

どちらが正しいかや、どちらが正義かという考えはないのよ。

双方がそれぞれの正義を主張している。戦争とはそういうものね。

自分たちが悪だなんて、どちらも思っていないわ。

自分たちは正義だと言って、相手の悪を成敗しているつもりなのよ。

正義対正義は平行線が続き、終わらない戦い、勝者なき戦いが続いていくわ。

結果的に多くの民間人や罪のない人たち、そして、動植物を巻き込んでいる。

歩　ただ、戦争の指示をしているのは上層部だよね。国民は誰も戦争を望んでなんかいないよ。

葵海　上層部？　では、どこから上が上層部だと思う？軍の大佐は上層部と言えるかしら？その上にはまた上がいる。もちろん、下には下がいる。上層部の定義なんてないのよ。

歩　一番上が一番悪いんじゃない？

葵海　一番上ってどこかしら？軍隊のトップ？　それとも首相や大統領？彼らの上も存在するのよ。大統領がトップだと思っているとしたら大間違いだわ。そもそも、軍隊や特別機動隊というのは、暴力を抑えるために存在する。あなたたちが暴力で対抗しなければ、存在意義すらないものなの。暴力は放棄しなければいけないのよ。それを一人一人が決めていくの。その集合意識によって世界は動いているのよ。

歩　でも、相手の侵略や理不尽な要求をそのまま受け入れろっていうの？

葵海　そうね……。波動が合わないもの同士は、世界線が変わっていくのよ。

歩　んー。いまいち言っていることが分からないな。

葵海　歩もそのうち解決策が分かるようになるわ。
戦いは恐れの波動よ。
自分や仲間を守るために相手を攻撃しているのよ。
恐れの波動は伝播し、さらに争いを激化させるわ。
恐れを手放し、反対にある愛を受け入れるの。

歩　愛と学びと喜びで服従を拒否すればいいってことだね。

葵海　そうよ。そうすれば、戦いは終わるわ。
憎悪は愛によってのみ克服されるのよ！
争いからは、争いしか生まれないの。
非暴力、不服従、無抵抗主義で、平和で愛と調和な世界を取り戻すことが重要なのよ。

縁なき衆生は度し難し

歩 戦いを止められないのであればどちらも悪く、争いはエスカレートしていくってことだね。

たしかに、太平洋戦争から最期は日本全土が焦土化してしまったあの時も戦いはエスカレートする一方だったね。もっと早く止められなかったのかと思うと悔やまれるよな。

葵海 太平洋戦争の前は、日清戦争や日露戦争での勝利により、アジア諸国を欧米から独立させる勢いがあったわ。

大東亜共栄圏の確立を目指していた中で、アメリカからは経済制裁を受けており、1941年11月26日にはアジアの日本軍撤兵などを含む「ハル・ノート」が提示されたの。1937年に始まった日中戦争が予想以上に長期化し、これまでの犠牲に見合うだけの戦果を求めていた日本にとって、アメリカの要求は受け入れがたいものだった。

当時外相だった東郷茂徳は、「自分は眼も暗むばかりの失望に撃たれた。その内容の激しさには少なからず驚かされた」と、ハルノートを受け取った時の失望を語っている。

歩 アメリカの要求は、長年にわたる日本の犠牲をまったく無視したものであり、日本に対して大国の地位を放棄しろと言っているのに等しかった。

そして、日本はこの要求をアメリカの最後通牒とみなし、12月1日に日米開戦を決定し、翌週の12月8日には日本海軍がハワイの真珠湾にあった米軍基地を奇襲攻撃した。

葵海 太平洋戦争において、日本本土への空襲は、陸海軍の基地や兵器工場などの軍事目標にとどまらず、多くの一般市民に多大な犠牲を強いるものだったわ。

広島、長崎への原爆投下を含めると、総計で50万人以上の一般市民が犠牲になったとも言われているけど、いまだに正確な人数は分かっていない。

最初の日本本土空襲は、１９４２年４月18日ドーリットル空襲で、その２年後の１９４４年６月15日以降は、日本全土で米空軍爆撃機Ｂ29による爆撃が始まり、１９４５年３月10日の東京大空襲、４月１日に米軍の沖縄本土上陸、８月６日の広島原爆投下、８月９日の長崎原爆投下、８月15日の日本国敗戦から無条件降伏に繋がっていった……。

歩 それにしても、太平洋戦争を何とか防げなかったのだろうか。

ハル・ノートを突き付けられたからといって、交渉の場に持っていくなど、太平洋戦争を回避し、かつ満州を維持することができる方法はなかったのだろうか。

葵海 日本側はハル・ノートを最後通牒と受け取ったからね。

いずれにせよ、争いはエスカレートするものよ。

上層部には様々な意見を述べる人たちがいたでしょうし、また、今のような民主主義国家であれば、国民の多様な声に耳を傾ける指導者も存在するでしょう。

もし、国民の声を聞けない指導者がいるとすれば、それは国民の代表としては不適格なものと言え、重大な因果律（カルマ）を背負うことになるのよ。

「縁なき衆生は度し難し」と言う言葉もあるわね。

歩　「縁なき衆生は度し難し」か。
つまり、縁のない存在、すなわち因縁や縁起が結ばれていない衆生（すべての生きとし生けるもの）は、救済や救いに対して容易には到達しづらいということだね。

葵海　ええ。すべての生きとし生けるものは、因縁や縁起によって関連し合っており、因縁が結ばれずに孤立している衆生は、救済や救いを受けることが難しいのよ。

歩　人間は年をとっても、人の話やアドバイスに耳を傾けられないと救済はないよね。

葵海　真実を見る目に年齢は関係ないわ。

いや、むしろ年を重ねるほど、人は頑固になり、地位を確立するほど、人は傲慢になるのよ。

「一点素心」、「虚心坦懐」の気持ちが大切ね。

・一点素心とは
中国の古典「菜根譚（さいこんたん）」の言葉で、ほんのわずかな純粋な心という意味。
・虚心坦懐とは
何のわだかまりもない素直な心で物事と対峙すること。


歩　たしかに、子どもたちの方が素直だね。

葵海　そうね。だから、上下や優劣の社会では真実は見えにくくなるのよ。ヒエラルキー社会がひずみを作っているんだわ。

大覚醒時代では、素直な心が必要なのよ。

素直でなくなってしまうと、新しい世界を受け入れられないのね。

歩　人を色眼鏡で見たり、偏見や先入観を持って接してはいけないね。

それが人々の目覚めに繋がるんだね。

葵海　分かっていてもなかなかできないものね。

あるいは、できているつもりで、実際はできていない。

常識が邪魔をするの。

アルベルト・アインシュタインが、「常識とは、未成年までに培った偏見である」という名言を残しているわね。
今の地球の人々は、教育や社会を通じて、潜在意識に根付いた偏見という観念を持っているのよ。言い換えるなら、「認知バイアス」ね。

「ピーーピーーピーーー！　ピーーピーーピーーー！」

「緊急地震速報です！」

歩の携帯電話が鳴り出した。

携帯電話の緊急地震速報とともに、物凄い揺れが襲ってきた。

葵海　来たわ‼

歩　やっぱりさっきのは前震だったんだ。

避けられないのか……。

やって来ることが分かっているのに、ただ指を加えて待つしかないのか！

マグニチュード 8.8 の首都南部直下地震

それから、3日後……。


建物倒壊の爆音、車の衝突の音が響き、火事らしき黒煙があちこちで上がっている。

大きな揺れにより、道路や線路が遮断され、在来線、地下鉄、バスなどの公共交通機関は完全にストップした。


これにより、震災初日の東京 23 区の帰宅困難者は500万人をゆうに超えた。

東京体育館の避難所には、地震発生直後から多くの人が駆け込み、最大で3万人以上が殺到し、混乱が広がっていた。


増える避難者に対して、水や食料は明らかに不足していた。

「このままだと物資は1週間ももたないのではないか」と誰もがそう思っていた。

物資や食料などの不足により、避難者の苛立ちと不安は増大しつつあった。

ライフラインにも深刻な影響が出ていた。

電柱や送電線は壊れ、大規模な停電が起きていた。

携帯電話やインターネットも地震発生直後から繋がりにくくなり、道路内に埋設されている水道管の漏水により断水も起きていた。

停電や断水は、東京23区内のおよそ7割近いエリアで発生していた。

断水だけでなく下水道も切断されていたため、トイレの水を流すことできず、衛生環境の悪化が心配された。

避難者はお風呂に入ることができず、いら立ちを募らせていた。

住宅地は炎に包まれた。震源に近い江東区、大田区、品川区と木造住宅密集地域が多いとされる葛飾区、江戸川区、墨田区、足立区、杉並区、中野区は特に酷かった。家屋の倒壊や火災の影響で壊滅状態となっている地域もあった。

都心の超高層ビル群は、耐震化や免震化がされているものの、１９８０年代以前に建てられ、耐震化工事が遅れた耐震性の低い一部のビルは倒壊した。

東京湾岸地域の埋め立て地では、液状化現象が発生し、人々の避難や救急車両の通行を妨げていた。液状化により建物の2万棟以上が全半壊した。

家屋の倒壊や火災による全半壊も含めると300万棟を超えた。

震源地は羽田空港の近くで、マグニチュード8.8の「首都南部直下地震」と名付けられた。

東京23区全域と東京都の8割程の場所で、最大震度7が観測された。

歩と葵海は、避難所の東京体育館でしばらく身動きが取れない状況にあった。

歩 それにしても、首都がここまで脆弱だったとは。人間は、自然災害の前にはどうすることもできないんだな。
葵海 歴史を紐解いても、関東での大震災は定期的に起きているわ。1923年の関東大震災では、明治以降の日本では最大の災害だったわ。

1923年(大正12年)9月1日の午前11時58分に発生した関東大震災では、死者・行方不明者は10万人を超えた。

当時のマグニチュードは7.9であり、住宅の全壊は10万9千棟、焼失建物は21万2千棟を超えた。土砂災害や土石流も発生した。

神奈川県の根府川では大規模な土砂災害が発生し、駅に止まっていた列車がホームごと海に流され、２００人が死亡した。
関東や静岡県などの沿岸では大津波が観測され、高さは静岡県の熱海で12メートル、千葉県の館山で9メートルに達した。

歩　当時の人口にしては被害が大きいな。
葵海　当時の東京市の人口は、わずか約２５０万人よ。現在の東京都の人口は約１４００万人とすると、死者数は約50万～60万人になるわね。当時は木造建築物が多かったから被害が広がったのね。東京市の約４割が焼失したわ。火災の被害が大きかったの。
歩　そうだな。地震の発生時刻が昼食の時間帯に重なり「かまど」や「七輪」などを使っていたこともあって、同時多発的に火が出て次々と延焼したんだよな。
葵海　当時の東京市の人口のおよそ40％にあたる１００万人が避難生活を強いられた。
歩　東京市の人口の４割が避難所生活⁉　そんな多くの被災者が避難する場所なんてあったのか？

葵海　公園がそのまま避難所になっていたわ。上野公園内に約50万人が集まっていたのよ。

首都圏は世界最大のメガロシティ

葵海　関東、とりわけ東京は人口が密集し過ぎているの。資本主義経済の合理化の成れの果てね。企業も社会活動も便利さを追求するあまり、人や物やお金を過度に首都圏に集中してしまったのね。政府も政策を推し進めるし、不動産投資なども一極集中した方が儲かるからよ。

歩　たしかに、東京都心の地価だけがどんどん上がる一方だね。

葵海　物質主義が極限に達すると、自然環境が壊れ、地球の体内に毒素が蓄積される。すると、地球は何かがおかしいと知らせてくる。

地球も人間と同じように、一つの生命体なのよ。

バランスが崩れ、循環が滞り、地球の内部に異変が起きると、自浄作用として無意識のうちにデトックスしようとする働きが生じるの。

だから、地震、台風、豪雨、噴火などの自然災害が発生するのよ。

人間も動物も同じ原理だわ。自然災害も自然の摂理と言えるわね。


歩　なるほど、首都圏は人や物が集中し過ぎて、バランスを著しく崩しているんだね。

自然災害は、自浄作用（デトックス）か。

見方を変えれば、地球が体調を崩しているのと同じ状況だね。

でも、被災者のことを思うと、とてもそのようには割り切れないなあ。


葵海　そうね。地球も自然災害を通じてわたしたちに気づきを与えているのよ。

自然災害の原因は何か。

「人間たちの普段の生活習慣にも原因はあるんだよ」ってね。

歩　そうか……。身から出た錆なのかもしれないね。

葵海　地球にとってのくしゃみは噴火、咳は地震、鼻水は豪雨のようなものよ。
日本の地下には、ユーラシアプレート、北アメリカプレート、太平洋プレート、フィリピン海プレートという4枚の巨大なプレートが重なり合っていて、日本は地震の巣屈よね。日本人にとって地震は宿命なの。

歩　首都圏、中京圏、近畿圏に人口が集中していることも是正が必要なのだろうか。

葵海　そうね。日本は２００８年から人口減少期に入っているけど、日本三大都市圏では人口がまだ増加しているわ。

また、東京都、神奈川県、大阪市、名古屋市の４都市の面積は日本全土の総面積のうちわずか３％の広さだけど、上場企業の本社のうち72％がこの４都市に集中しているわ。

歩　それは多いね。

政府も企業も投資家も、合理化を追求し過ぎたんだね。

これからは合理化や資本主義的思考も改めていかないといけないね。

今回の地震は、それを考え直す良い機会なのかもしれない。

葵海　首都圏（茨城県・栃木県・群馬県・埼玉県・千葉県・神奈川県・山梨県の１都７県）の人口は４０００万人を超え、中国の広州（６５００万人）について世界第二位のメガロシティなのよ。

ウェンデル・コックスらの試算による都市的地域の概念（人口密度が１キロ平方メートル内に４００人以人）によれば、中国の広州が除外されるため、日本の首都圏が世界最大のメガロシティとなるのよ。

歩 日本の首都圏は世界最大級と言えるんだね。災害時のリスクマネジメントを真剣に考慮する必要があるね。

葵海 そして、中京圏と近畿圏を含めた東海道メガロポリス（巨帯都市）は世界最大よ。

歩 東海道メガロポリスは、東海道新幹線が通る東京、神奈川、静岡、愛知、岐阜、滋賀、京都、大阪の８都府県とその周辺の埼玉、千葉、三重、奈良、兵庫の５県で構成されているんだよね。

葵海 ええ。全長約５５０㎞、面積約６０００Ｋ㎡という国土の20％にも満たない帯状の地域に、全国比56％ほどの人口である約７０００万人とその産業が集積している。

歩 日本は高度経済成長期でどの国より急速に発展し、先進国でもトップクラスになった訳だけど、東京と太平洋ベルト地帯に偏った一極一軸型の国土構造が大きく寄与したのはたしかだね。

葵海 そうね。昭和30年代以降の経済復興や高度成長の過程で、三大都市圏に経済諸活動が集中し、その結果、生活環境が悪化していく中で、地方圏の経済的な停滞が懸念されていた。国も都市部への依存を是正し、「国土の均衡ある発展」を目指すために、昭和37年から全国総合開発計画を推進してきた。

しかし、現実には三大都市圏への経済的な集中が進んでいく一方だったの。

歩 そうかもね。このような結果が災害として現れたのは、たしかに地球や自然が何かを伝えようとしているサインかもしれないね。
わたしたちもそのメッセージを真剣に受け止めなければいけないね。

地球が人類に送るメッセージ

葵海 そういうことよ。それが、三大都市圏での三つの巨大地震よ。
歩 三大都市圏での三つの巨大地震だって⁉
ではこれから、中京圏や近畿圏にも巨大地震が来るってこと？
まさか⁉ それは人為的にってこと？
葵海 それははっきりしないわ。
ただ、わたしの世界線でも首都圏、中京圏、近畿圏で三つの巨大地震は起きていたの。
時期は多少異なるけど、どうやら他の世界線でも、三地域で巨大地震が起きていることが分かっている。
人口が一極に集中すると、人々の負の感情や不安など邪悪な想念が蓄積されるの。もちろん、プレートの動きによるひずみも影響するけど、住んでいる人たちの集合意識も重要な要素となっているのよ。
すでに、近畿圏ではこれが発生しているわ。
歩 近畿地方で発生している？ あっ、それは阪神淡路大震災のこと？
葵海 そうね。１９９５年1月17日に起きた阪神淡路大震災はまさにその一つよ。それ以降の約60年間で、それぞれの地域で一回ずつ巨大地震が来ている。
歩 約60年間……。２０５５年までに三回の巨大地震……。そうするとその中間が２０２５年だ！
葵海 そうね。
わたしの世界線では首都直下型地震が２０２５年7月だったわ。
歩 しかし、火星から来た老人は、「２０３６年に東海東南海地震が来る」とは言っていたが、首都直下型地震はないと言っていたのに……。
葵海 世界線が異なるようね。
首都直下型地震の代わりに、世界戦争に日本が加担する未来があるようね。人類の集合意識に争いや対立の波動が強くなると、最終的には戦争が起こることになるのよ。

戦争も自然災害も、結局は人類の集合意識が引き起こしているのよ。

もちろん、無意識のうちにね。

だから、引き寄せているのは、人類の集合的な無意識だということを理解して！

２０２５年７月の天変地異が囁かれた理由

歩 そういえば、２０２３年の後半頃から、多くの発信者が２０２５年７月に日本近海で大きな自然災害が発生すると予測していたんだ。

驚くべきことに、芸能人、インフルエンサー、作家、芸能人、政治家など多くの著名人が予言していたね。

皆が同じように、２０２５年７月に何かが起こると言っていた。

でも、予測の具体的な内容は多少異なっていた。

その話題はとても注目を集めていたんだ。

1─ある人は、ホピ族の予言と言った。

2─ある人は、予知夢を見たと主張した。

3─ある人は、子どもの体内の記憶から伝えられたと述べた。

4─ある人は、ブンジュ村の村長（シャーマン）から伝えられた言明した。

5─ある人は、NASAが隕石の接近を予測していると語った。

でも結局、その時は何も起きなかった。

あれは、一体何だったんだろう。

中には、具体的に2025年7月5日という日付まで予測する人もいたんだ。

この予言を受けて、一部の大衆は多額の時間や賃金を費し、山林を購入したり、標高の高い場所に引っ越すなどの準備をした者もいた。

葵海　いつの時代も変わらないわね。そういう人が出てくるのよ。

歩　でも、葵海の世界線では実際に起きていたんだよね？

葵海　そうよ。わたしたちのチームの一員がタイムトラベルし、いくつかのインフルエンサーにテレパシーまたはチャネリングでメッセージを送っていたのよ。

歩　えっ！　なんで？

葵海　それによって、危機を回避しようとしたの。

皆が意識を共有すれば、集合意識がその災害を回避しようとするわ。

意識の変容が世界線を変えるのよ。

だから、歩たちの世界線ではその時には何も起きなかったのね。

歩　皆が意識したから回避されたということ？

そのために、意図的にテレパシーで多くのインフルエンサーに情報を伝えていたということ？　その情報を受け取ったインフルエンサーは、災害が起こる可能性があると考え、情報を発信した。その結果、多くの視聴者たちがその情報を知り、災害を回避するための行動を取ったので、集合的無意識が働き、大災害は起こらなかったと？

葵海　その通りよ。これまでの予言もすべてそうね。

たとえば、「１９８６年にハレー彗星が地球に接近して、地球上の空気が５分間無くなる」というデマが一部の紙面でも掲載され、自転車のゴムチューブが飛ぶように売れたことがあったわ。

またその後、「１９９９年７の月に恐怖の大王が降りてきて人類は滅亡する」というノストラダムスの大予言もあった。

さらには、「２０１２年12月21日に紀元前３１１３年からマヤ暦５２００年周期が終わり、地球終末の時を迎える」と世間が騒いだのは記憶に新しいわ。

歩 あったね、そんなことも。いずれも終末の時は訪れなかった。これらも多くの人が意識したことで世界線がずれたということなのかい？

葵海 そうよ。世界線をずらすために、わたしたちの未来人チームが未来予知をテレパシーで伝えているのよ。

歩 えっ、そうなんだ。まったく知らなかった！ でも、２０２７年の今、２年遅れでやってきている。これじゃあ、意味がないじゃないか。

葵海 そうね。災害の内容も変わっているわね。でも、皆が災害を意識することで、災害時の被害を減らす効果はあったのよ。多くの人が災害に対して準備をしたことで、被害は確実に小さくなっているわ。

歩 たしかに、あの時たくさんの人が災害対策してたよ。デマも効果はあるんだね。

葵海 実は、災害が起きることは、本質的には別の理由があって起きているのよ。時間をずらす効果はあっても、元の原因を排除できていなければ、時期はずれてもいずれ訪れることになるのよ。

首都圏、近畿圏、中京圏の三連続地震

歩　災害が起きる本質的な理由……。「元の原因を排除しきれなかった」ってのは、自然との調和のことを言っているんだね。

葵海　そうよ。日本は地震大国であって、地震のカルマはこれからも続くの。２０００年以降のデータを見ても、マグニチュード6以上の地震のうち、約21％が日本周辺で発生していたの。

首都圏、近畿圏、中京圏の三連続地震がこれから起こる訳だけど、１９９５年の阪神淡路大震災が1回目の三大都市圏の大地震で、２回目が今回の首都南部直下地震ね。

そして、東海・東南海地震が２０５９年前後に起こる見込みよ。

歩　え⁉　それはどうしても防げないの？

葵海　それはあなたたち次第ね。自然災害も人類の集団的カルマの一部だから、人々が学ぶことによって、災害を大難から小難にすることができるのよ。

歩　カルマの影響は、学びによって小さくなるんだね。

葵海 阪神淡路大震災以降、日本は耐震化を急速に進め、世界一の耐震技術を誇っているわ。この努力が報われて、今回の首都南部直下地震の被害は１９２３年のような大きさにはならないはずよ。

歩 たしかに、阪神淡路大震災以降、日本は耐震化を急速に進めてきたね。昔の日本は木造住宅が多いから、火災による被害も多かったね。

葵海 日本は大災害を契機に何度も復興を果たし、その度に成長しているのよ。２０１１年の東日本大震災以降、全国で津波対策が進められているわ。同時に、原子力発電から代替エネルギーへのエネルギー供給へのシフトも進んでいるわ。

歩 大地震は遥か昔から定期的に訪れている訳だから、同じ過ちを繰り返さないように対策を取らなければいけないね。

葵海 そうね。東海・東南海地域では、過去１００～２００年の周期で、マグニチュード８クラスの巨大地震が発生し、震災と津波の被害が大きなものとなっているわ。１８５４年の安政の東海・南海地震からすでに１７３年が経過し、１９４４～４６年の昭和東海・東南海地震と三河地震からは82年が経過しているわね。

歩 そうか、東海・南海地域の地殻変動やプレートのひずみが蓄積されている可能性があり、いずれ大きなエネルギーの発散が起こるかもしれないね。

俺たちは、いつでも地震が発生する可能性があることを考慮し、普段からその心構えをしておくことが重要だね。

2024年元旦の能登半島地震によって龍が動き出した

歩　そういえば、日本には災害から身を守るための結界があると聞いたことがある。

葵海　たしかに、首都圏と近畿圏には「正五芒星の結界」といわれるものがあるわ。正五芒星の結界は、地震の発生や影響を制限するための保護や防御の仕組みや手段として作られたの。

正五芒星は、古代メソポタミア文明でも魔除けとして用いられていたシンボルでもあり、「木火土金水」の五行思想に由来しているわ。陰陽師は五家いたのよ。

陰陽師は、奈良時代から平安時代にかけて活躍した人たちで、今で言う国家公務員の役割だったのよ。

天文学、建設術、錬金術、算術、占星術、暦術など多岐にわたって、超能力エスパーを養成していたんだ。

歩 へえー、そんなに多岐にわたるんだね。錬金術って何だい？

葵海 錬金術は、主に金属を変換し、質量や性質を向上させるという目的を持つ実践的な科学・哲学体系で、錬金術師たちは、通常、金属を貴金属に変える「賢者の石」の作成や、不老不死のエリクシル（妙薬）の調合などをしていたの。また錬金術は、物質だけでなく精神や魂の改善を促すことも重視し、精神的な成長や内なる変容に焦点を当てた、より広い範囲での哲学的な探求をしていたんだ。たとえば、鉛を金に変えるという錬金術の主題は、精神的な「靈的な進化」や「大いなる目覚め」を表す象徴的な意味を持っていたの。

陰陽師はこの他にも、実に1080もの術を操っていたのよ。

歩 1080もの術⁉ それはすごいや。まるで魔法使いだね！

葵海 術の中には安倍晴明が作りだした術もあれば、弟子たちが作った術もあるわ。それらの術の中でも、基本となるのが「結界」よ！

歩 結界って、日本の伝統として受け継がれてきたものなんだね。まるで、2022年に公開された新海誠監督の映画『すずめの戸締まり』のようだ。

葵海　そうね。あの映画に出てくる「閉じ師」は陰陽師として、今でも実在するのよ。結界の基本は、神の領域と人を区別すること、彼岸と此岸を区別すること、あの世とこの世を区別すること、あるいは、高次元世界と現次元世界を区別することにあるのよ。

実は、意識していないだけで、日常生活の中にも結界は存在するわ。

たとえば、食事における箸置きがそれで、食卓ではほとんどの人が、膳の手前に横向きに箸を置くはずだけど、これもひとつの結界なのよ。

食事は、生きていくために与えられた、神様からの賜り物でしょ。手をつける前の食物はまだ神の領域にあり、神のものなの。

だから、神様と人間との間に張られた結界の意味として箸を横置きにしているの。

食べる直前に、「頂戴します」や「いただきます」と言ってから箸をとることで、神との間に張られた結界を外し、自分のものとしているのよ。

歩　へえー、箸置きが結界だったなんて知らなかったよ。

葵海　日本には、明治2年までに陰陽寮という国家機関があって、天皇と公家が住む京都御所や日本を守る重要な働きをしていたんだ。

結界は、その場の悪しきもの、霊的な存在の攻撃からその土地を守るという意味合いもあり、結界を張るのには、その場の特性がとても大切で、地脈と龍脈がしっかりしていないと、結界も弱くなってしまい、震災の被害を小さくできないんだ。

歩　似たもので、建築工事や土木工事を着工する前に行う「地鎮祭」という儀式もあるね。その土地を守る神様に土地の使用の許可を取り、お払い、お清めをして、工事の安全を祈願するものだけど、土地には氏神様が宿っているんだね。

全国各地で震災が起きてしまうのは、その結界が弱まっていることも関係しているのかな？

葵海　そうね。因みに、２０２４年1月1日に震度7の能登半島地震が起きた原因は、その土地の龍神様が暴れたからなんだ。

能登半島は龍の頭の形をしているでしょ。

歩　あっ、そう言われてみれば……。

葵海　中部北陸地域の形は、能登半島の形が龍の頭の形に似ており、龍が昇っていく様子を思い起こさせることから、このエリアを「昇龍道」と呼んでいるの。

本当は、能登半島には鹿島神宮や香取神宮にあるような「要石」が必要なのよ。

歩　龍が暴れないように要石を置く必要があるんだね。

葵海　要石の設置が遅れると、日本全国で地震が起こる可能性があるから気になるわ。

歩　それは困る‼　何としても閉じ師に頑張ってもらわないと！

日本は正五芒星の結界で守られている

葵海 話を戻すけど、近畿地方の結界は、陰陽師の安倍晴明によって作成され、京都にある安倍晴明神社では、正五芒星の神紋が使われているわ。
京都周辺を守る正五芒星の結界は、次の五つを結ぶラインよ。
1-伊弉諾神宮(兵庫県淡路市)
2-熊野本宮大社(和歌山県田辺市)
3-伊勢神宮内宮(三重県伊勢市)
4-元伊勢内宮(京都府福知山市)
5-伊吹山(滋賀県米原市)
内側の五角形が一辺110km、五芒星の一辺が170kmになっており、クロスする点には、南から藤原京、平城京、平安京が並んでいるわ。

歩 たしかに、この巨大な五芒星の中心に、三つの重要な都が並んでいる!
一つ目は、694年完成の「無理だ苦しい藤原京」だね。

奈良時代の持統天皇が、天皇主権国家の樹立という目的を果たすため、労力や財力をふんだんにかけて創った日本最初の首都だね。今でいう奈良県の橿原市・明日香村に広がる巨大な都市で、とても広大であり平城京以上の敷地面積を持っていた。

二つ目が、710年完成の「何と立派な平城京」だね。

元明天皇が710年に飛鳥地方の藤原京から遷都した都であり、桓武天皇が784年に長岡京に遷都するまでの74年間、政治の中心地として機能していた。平城京は、1998年に「古都奈良の文化財」として、東大寺とともに世界遺産に登録されている。

最後に、794年完成の「鳴くよ、うぐいす平安京」だね。

1869年江戸に首都が遷るまでの間、天皇が住む日本の首都だったね。

桓武天皇によって築かれ、平安京という名前からも分かるように、穏やかで平和な日々が続くようにと願いを込めて造られた都だ。

葵海　ええ。当時の遷都の場所は、陰陽五行思想の考えを多分に取り入れて造られていたの。五角形の上辺は、西から出雲大社、元伊勢内宮、京都御所、伊吹山、富士山（富士山本宮浅間神社）、寒川神社、玉前神社を結んだ「御来光レイライン（人工龍脈）」があるわ。レイラインの始点は、八百万の神が集まる出雲大社よ。富士山本宮浅間神社は富士山を神様として祀っており、全国にある1300社の浅間神社の総本宮よ。

歩　たしか、レイラインは最も昼が長くなる「夏至の日」の太陽の通り道なんだよね？

葵海　夏至もそうだけど、冬至も同じレイラインよ。

一方で、春分と秋分の「御来光レイライン」というのもある。

白山神社、諏訪神社、鹿島神宮を結ぶ線がそれね。

東京の皇居、スカイツリーは、鹿島神宮と富士山のレイライン上にあり、立春（2月4日）と立冬（11月7日）では、スカイツリーからダイヤモンド富士が見られる。

歩　それにしても、伊弉諾神宮は阪神淡路大震災の震源に近いけど、正五芒星の結界は本当に機能したの？

葵海　結界は機能したわ。近畿地方は歴史的にも地震が少ないことに加えて、阪神淡路大震災のときも伊弉諾神宮がある淡路島ではほとんど被害がなかったのよ。

歩　たしかに、震源地は淡路島だったにもかかわらず、島内の被害は少なかったね。

じゃあ、これから起こるとされている東海・東南海地震の中京圏も結界が必要なんじゃないかな？

葵海　そうね。中京圏の結界や要石の設置を急ぐべきね。

龍の頭は能登半島って言ったけど、龍のしっぽは伊豆半島から紀伊半島にあたるわ。

歩　まさに東海・東南海地震の辺りじゃないか！　それは急がないと！

それまでは、龍がおとなしくしていることを祈っているよ。

ところで、首都圏の結界はどこにあるの？

葵海 首都圏の正五芒星の結界は、江戸幕府の礎を築いた徳川家康が作ったとされているわ。天正18年（1590年）の徳川家康が都市計画を進める中で助言を強く求めたのが、宗教政策担当のブレーンとして活躍した天台僧の「南光坊天海」よ。108歳まで生きたとされる謎に包まれた人物ね。首都圏の正五芒星は、

1－寒川神社(神奈川県寒川町)
2－鹿島神宮(茨城県鹿嶋市)
3－秩父神社(埼玉県秩父市)
4－玉前神社(千葉県一宮町)
5－二荒山神社(栃木県宇都宮市)

の五つを結ぶラインよ。正五芒星の結界は、小さなものも含めると他にも多数あるわ。
歩 今は風水という考えがあるけど、当時も地域を災いから守るのに形や場所を意識していたんだね。
葵海 他にも面白い考えがあるわ。
通常、堀は城を円で囲むように掘られるのだけど、江戸城の場合は螺旋状の「の」の

字型に掘り進められていったの。城を中心に時計回りで町が発展していくように、という願いが込められていたのよ。江戸の人口増加のスピードはこの堀の開削と比例しており、外縁に広がっていくに従って人口も爆発的に増えていったわ。つまり、町がどんどん外縁へと広がり、無限に成長していくように設計されていたの。

歩 へぇ。江戸では平城京や平安京のような方形の条坊制を採らず、螺旋状に発展する機能性に富んだ町づくりを行なったんだね。地域を災いから守るために、都市計画にも宗教的な結界が用いられることがあったんだね。

人類の集合意識により、災いは大難が小難になる

歩 それにしても、なぜ日本にだけ巨大地震が起きないといけないのかな？アメリカや欧州や中国にもメガロシティはあるはずだよ！

葵海 日本は地震大国なの。日本と地震は切っても切れない縁なのよ。

日本の人口は世界のわずか約1.8％で、日本の国土は世界のわずか約0.3％だけど、世界のマグニチュード6以上の地震の約21％が日本一国に集中しているわ。

歩　それにしても、日本に地震が多いのは不公平だよ。

葵海　それが日本という国の宿命よ。

歩　地震が宿命と言われても……。

葵海　国によっては戦争が絶えず、貧困や飢餓が続く国も存在する。資源が豊かな国もあれば、乏しい国もある。一年を通して暑い国もあれば、雪が溶けず氷河に囲まれた寒い国もある。昼が長い国もあれば、夜が明けない国もある。

それぞれの国や地域には、独自の文化やお国柄というものがあるのよ。

歩　なるほど。たしかに、日本には春夏秋冬があり、四季折々で気温や降水量の変化が大きいため、自然に恵まれていると言えるね。

そのため、自然環境に対する畏怖の念を忘れてはいけないね。

葵海　そうね。

歩　学びを深めることによって、災いを大難から小難にすることができるのであれば、俺たちはもっと学ばないといけないね。

そして、地球活動が大難とならないように祈ることも大切だね。

2030年に世界は再び分岐する

歩　ところで、火星から来た老人が、日本でも2027年頃から戦争が起きてしまうと言っていた。憲法改正の是非を問う国民投票を二度行い、二度目に国民は9条の改正に賛成してしまうと……。

それをきっかけに、世界は泥沼の第三次世界大戦に突入すると言っていたよ。

葵海　そうね。日本人の集合意識が隣国を毛嫌いし、敵対視したり、侵略を恐れ、武力を強化しようとしたりしたために、軍事産業に巨大な利権ができ、その結果、日本も戦争に加担してしまったという世界線だったのね。

彼はそれを伝えるために、あなたのところへやって来たのね。

「世界大戦を防げるのは日本人しかいない。だから、日本が戦争に加担するような未来をつくってはいけない」ってね。

歩　老人がその情報を伝えたことで、世界線がわずかに変わり、実際には2027年になっても、第三次世界大戦までには至っていないのか。

そうか、なるほど集合意識により世界線が変わってきているのか！

葵海 彼の任務は第三次世界大戦を引き起こす世界線をずらすことであり、歩を通して国民にその意識を啓発することにあったのね。

もちろん、そういう世界線もたくさん存在するわ。重要な任務は一応成功したようね。ただ、まだ歩の世界では、軍国主義を推進したい人たちもいるわ。そういう人たちは今後、自ら望んで、その戦いの舞台となる世界線に移行することになるのよ。

２０３０年前後には世界線の分岐イベントが始まるのよ。

歩 ああ、そうか。世界は人々が望む道にそれぞれ分岐していくんだったね。では、葵海の世界線ではどうなんだい。

葵海 わたしの世界線では、第三次世界大戦は起きていないわ。

歩 やっぱり起きていないんだ。でも、老人は何度タイムトラベルしても起きていると言っていたのに。

葵海 それは、彼が「恐れ」の周波数が高い世界線から来ていたからね。

タイムトラベルで世界線を移行する際は、少しずつしか移行できないため、似た世界に移行することになるの。要するに、彼が何度タイムトラベルしても「恐れ」の周波数を大きく変えられないため、移行した先の未来ではやはり世界大戦が起きていたのね。

わたしたちの世界線は「ＡＩＭ77」であり、争いという集合意識が働きづらいのよ。

歩 なるほど。葵海の世界では、愛と調和の集合意識が強いから、世界線を移行しても同じような未来になるんだね。

葵海 わたしがこの世界に来れたのも、この5年で歩たちの世界が、波動を上げることに成功してくれたおかげなのよ。

日本の武士道精神がこれからの世界を救う

歩 ということは、俺の世界でも愛と調和で満たされた未来があるのだろうか。

葵海 そうね……。

体育館の外には、雲一つない真っ青な空が広がっていた。
まだ先行き不透明な状況の中で、人々は不安と期待を抱えていた。

外からは、ソプラノサックスの音がかすかに聴こえてきた。

一人で避難所にやってきている彼は、優雅にソプラノサックスを操り、まるで避難者たちの心に新たな希望の花を咲かせるようであった。

無言で演奏をする姿は、音色に情熱と共感を込めているようだった。

葵海はその音楽を聴き終えてから、ゆっくりと口を開いた……。


葵海 未来の世界線は常に刻一刻と移り変わっていくのよ。

だから確実なことは言えないけどね。

わたしがここに来られるようになったのも、歩の世界線の波動が高まったからなの。

この5年間でかなり国民の意識が変わってきたのよ。

歩 日本人の目覚めが加速しているってこと？
そうかなあ、日本人はまだまだ目覚めていないんじゃないかな。

葵海 日本人は熱しにくく冷めにくい傾向があるけど、一度興味を持つと急速に広がりやすいとも言えるわ。だって、ほとんどの日本人が無宗教でしょ。

歩 なるほど。特定の宗教に極端に依存していないからだね。

葵海 世界の宗教信者を見てみると、キリスト教が約23億人、イスラム教が約14億人、ヒンズー教が約9億人、仏教が約4億人で、合計するとなんと約50億人もの人々が特定の宗教を信仰しているのよ。

彼らはどうしても目覚めるのが遅くなるのよ。これも認知バイアスの一種ね。

歩　世界的に無宗教の人々が増えていると言われているけど、まだ50％以上は特定の宗教を信仰しているのか。

葵海　宗教信者はどうしても、これまで培った宗教的価値観を改めることは難しいわね。だから、真実に辿り着きづらいのよ。

その点、多くの日本人は無宗教だから多様な考え方を取り入れやすいのよ。

また、神道には「森羅万象、生きとし生けるものすべてに八百万の神々が宿っている」という考え方があり、根底はワンネスからの魂の分け御霊を無意識に感じているわね。

歩　神道は祖先への感謝と尊重も重要視しているね。

葵海　日本人は無宗教であり、宗教的な考えを学ぶ機会はほとんどないけど、仏教や神道に由来する武士道精神が潜在的無意識に残っているのよ。武士道精神は、日本人の倫理や道徳の礎となり、その歴史的な背景には仏教や神道が深く関わっているのよ。

その武士道精神は、これからの調和ある世界においても不可欠なのよ。

9番目の日本語文明はこれまでの価値観とまったく異なる新世界

歩 日本の武士道精神は、仏教や神道が礎となっているのかあ。そして、これからの世界を救うのはそういった精神性なんだね。『ガイアの法則』では、1995年前後から日本の時代が来ると言っているけど、どうなんだろう。

・ガイアの法則とは

千賀一生(ちがかずき)氏が体験した話を基に2010年に出版された本『ガイアの法則』の中で紹介された考え。

人類最古といわれるシュメール文明(6400年前)に創られたエディデゥー遺跡を観光している際に、千賀さんは突然トランス状態に陥った。意識が別世界へと遠のく中で「シュメールの神官」に出会い、『宇宙の法則』を説かれるという神秘的な体験をした。

著書の中では、現代までの人類の出来事は、地球軸が以下の傾きで回転(歳差運動）した際、優位にある場所で栄えると示されている。
文明は、西洋と東洋の文明をある一定の期間で交互に繰り返している。
西洋の歴史は、次の四つの段階で移動してきた。
1 前インダス文明 （インド・パキスタン・アフガニスタン 東経67．5度）
2 メソポタミア文明 （イラク 東経45度）
3 ギリシア文明 （ギリシャ 東経22．5度）
4 アングロサクソン文明 （ヨーロッパ・英国・米国 東経0度）最西端
東洋の歴史は、次の五つの段階で移動してきた。
1 人類最古のシュメール文明 （イラク 東経45度）
2 インダス文明 （インド・パキスタン・アフガニスタン 東経67．5度）
3 ガンジス文明 （インド 東経90度）
4 唐文明 （ギリシャ 東経112．5度）
5 日本の和文明 （東経135度 淡路島が中心）最東端
西側は物質面において繁栄し、東側は精神面において文明が繁栄し、その中で、繁栄（生）の時代と、衰退（死）の時代を繰り返している。

西側と東側の文明の周期は約805．5年の4回ずつとなっている。

1995年前後から東洋と西洋合わせて9番目となる日本文明が始まっている。

歩 9番目の文明の中心は、135度線の淡路島みたいだけど、そこは日本創世神話「古事記」の伊邪那美(イザナミ)と伊邪那岐(イザナギ)が登場する始まりの地だよね。世界の発祥である日本に、再び文明は戻ってくるってことなの?

葵海 そうよ。古事記には「天地(あまつち)はじめて開けしとき、高天原(たかあまはら)になりませる神の名(みな)は、天之御中主(あめのみなかぬしのかみ)」と書かれていて、これは、「宇宙が始まった時、はじめに降り立った神様は天之御中主様であった」という意味なの。

つまり、日本が今の世界を創生したのよ。

歩 ムー大陸がこの文明の起源っていうのと合うね。それに縄文時代はシュメール文明より一万年以上も前から存在していることは教科書でも習ったよね。

葵海 そして、日本から始まった今の世界は、再び日本に戻ってきて、三千世界が始まるのよ!

歩 その時が今なんだね!

葵海 これからは、9番目の日本の文明が来るのよ。

９というのは数字の最後の数であるように、文明はこの日本で終焉するのよ。どのような文明を築くかは、今、あなたたちが決めていくことになるのよ。

歩　９は「新世界」を表すって言ってたけど、これまでとは異なる「愛の文明」にしなくてはいけないね。

葵海　もちろんね。そして、世界の共通言語は現在、アングロサクソン文明（英・米）発祥の英語だけど、これからは日本語が世界に広がっていくのよ。

今までの東経０度のアングロサクソン文明では、物質重視・男尊女卑・戦いの文化が色濃く働いていたわ。しかし、これからの９番目の文明、日本文明では対照的に、精神性重視・女性活躍・調和と安らぎの時代に突入してゆくのよ。

歩　９という数字は「破壊と創造」を表す数字で、太陽系の９番目の惑星も冥王星だったね。

葵海　冥王星は２００６年に準惑星とされ、太陽系から外れたんだけど、太陽の周りを公転している惑星の中でも、地球の人々の精神的な部分に最も強い影響を与えているという話はしたわね。つまり、精神性がこれまでとは１８０度ひっくり返るのよ。

歩　なるほど。でも、なぜ冥王星は準惑星になったんだろう。小学生の頃は「水金地火木土天海冥」という覚え方が教科書に載っていたのをよく覚えているよ。

葵海 準惑星になった最大の理由は、惑星の大きさが小さすぎる点ね。冥王星は月と同程度の大きさしかなかったのよ。
そして2003年に、冥王星の近くで冥王星よりも大きな天体「エリス」が発見されたのも重要なきっかけとなったわ。

歩 そんなに小さいのか。それでも地球に与える影響は大きいんだね。

葵海 物質的な影響ではなく、精神的な影響が強まる傾向があるのよ。
現代社会は、物質主義や権威主義に傾いているけど、冥王星がみずがめ座に入ったことで、より精神的な優位性が強調される社会に変わっていくのよ。

「西洋の黄金比」と「日本の白銀比」に隠された秘密

葵海 これまでの６４４４年の物質主義の大転換でもあるのよ。

２２．５度というのは、３６０度を十六葉菊紋の16で割った数であり、１６１１年周期は地球の歳差運動の２５７７６年を16で割った数なんだ。

歩 因みに、日本を象徴とする花は、春が桜、秋が菊でしょ。

皇室、勲章、国会議員の議員紀章でも、日本は菊を使用しているね。

葵海 中でも、天皇家の紋章は、「十六葉八重表菊紋（じゅうろくよう やえ おもてきくもん）」を使用しているわ。

歩 なぜ、皇室の菊家紋は16枚の花びらを採用したのだろう。

葵海 理由の一つは、「四方八方十六方」という言葉がある通り、「あらゆる方角や天地万物に氣のエネルギーが広がるように」だからよ。

歩 なるほど、氣のエネルギーと関係があるのかあ。

そういえば、「気」という漢字は、昔は「氣」という字を使ったんだよね？

葵海 そうね。氣も「米」という字から分かるように、八方にエネルギーが広がるという意味があるのよ。

昔はね、漢字の書き順は最初に米を書いていたの。でも、今は書き順を逆にして、最後に「〆る＝×」を書き、エネルギーが広がらないようにされてしまったわ。

今の日本人の精神性が骨抜きにされているのは、そういうところにも関係があるのよ。

歩 なるほど、四方八方十六方かあ。漢字一つ一つにも意味があるんだね。

葵海 自然法則には八の数で規制されるものが多いわ。要するに、八方向や八つの側面が自然法則や人間の精神に影響を与えているということよ。

1 八音音階（全半音階、オクターブ）は、音楽理論における概念で、中国古代の音楽文献に由来する。宮、商、角、徴、羽、變、短、長の八つの異なる音程に音を分類し、音楽の構造や表現に重要な役割を果たしている。

2 周易における八卦（はっけ）は、古代中国の哲学的なテキストである『周易』に登場する概念で、天地宇宙の根源的なエネルギーである太極に混在している陽と陰から発展した八つの象「乾（けん）、坤（こん）、震（しん）、巽（じゅん）、坎（かん）、離（り）、艮（こん）、兌（だ）」からなる。

3　八は数が多いという意味で使われる。「八百（やお）、八千代（やちよ）、八重（やえ）、八面六臂（はちめんろっぴ）、八十八夜、八方美人、八つ当たり、八つ裂き、八百長、八方塞がりなど」

4　八は無限大（∞）を表し、ふたつの〇（それぞれ異なる二極）が、統合されて巨大なパワーが生み出されることを意味する。また、常に止まることなく循環するため、繁栄・栄光・豊かさを表す。辰年のラッキーナンバー。

葵海　さらに、16を3倍すると48であり、カタカムナ文字の文字数になっていて、この「3」は「三位一体」という意味もあるのよ。「天と地と人」は「宇宙、地球、人」を表す訳だけど、この三つで、「三才」、「三極」、「三儀」という意味があるわ。この三つの要素が一体となり、万物万象の統合を象徴しているのよ。

1　三才…天、地、人の三つの資質や力を表し、天才、地才、人才のこと。それぞれが宇宙の法則や自然の摂理、人間の創造性や知恵を指す。

2　三極…天極、地極、人極の三つの極点を表し、宇宙や自然、人間世界の極限を示し、それぞれが存在の原理やエネルギーの源を象徴する。

3 三儀…天儀、地儀、人儀の三つの規範や道徳を表し、宇宙の秩序や倫理、人間の行動原則を示し、それぞれが人間の生き方や社会の基盤を形成する。

これらの概念は、古代中国の思想であり、宇宙と人間の関係、自然と道徳の統合を表現している。

歩 なるほど。16の天・地・人が三位一体となり統合して、48音が生まれるんだね。それにしても良くできているね。

数字ってバランスが取れているよね。まるで、幾何学模様みたいだ。

葵海 数字と幾何学模様は密接に関連があるのよ。

たとえば、「人間にとって、もっとも美しく安定して見える比率」として、西洋では黄金比（1：1．618＝5：8）を採用していることは有名だね。

昔から、特に西洋の芸術分野や建築物などで使われている。

バランスが取れているから、視覚的にきれいなのよ。

歩 黄金比は自然界にも多く存在するね。具体的には、

1 サクラダファミリア、パルテノン神殿、ギザのピラミッドなどの西洋古代建造物

2 ミロのヴィーナス、レオナルドダヴィンチのモナリザなどの芸術作品

3 金閣寺
4 名刺、クレジットカード、キャッシュカード、トランプ
5 エジプトのピラミッド
6 ひまわりの種
7 オウムガイの貝殻
8 正五角形
9 九州の形
などだね。

葵海 他方、日本では太古から、白銀比（1：1．414＝5：7）を採用していて、大和比率（やまとひりつ）とも言われている。
白銀比は、日本では古くから大工の間で「神の比率」とされてきたわ。具体的には、
1 法隆寺金堂（日本最古の木造建築）、五重塔、伊勢神宮、銀閣寺など寺社建築物
2 興福寺阿修羅像
3 平安京の街並み
4 彫刻、日本画家、書道の用紙
5 生け花

6－コピー用紙やハガキに代表されるA判、ポスターやマンガ雑誌に代表されるB判
7－用紙サイズ（ISO216規格、A4やA5など）
8－ドラえもん、ハローキティ、アンパンマン、スヌーピー、トトロなど日本で馴染みのキャラクター
9－東京スカイツリー

などだね。

歩　なるほど、日本人は、美しさよりもかわいらしさや親しみやすさを重要視してきたんだね。それにしても、同じ日本の建築物でも、金閣寺が黄金比を採用していて、銀閣寺が白銀比を採用しているというのは興味深いね。

葵海　金閣寺はいつも外国人観光客でにぎわっているわ。特に、西洋人が多いね。たしかに、見た目の魅力から、外国人観光客は金閣寺をより訪れることが多いわね。

1482年室町時代に足利義政により創建された銀閣寺は、正式名称は『慈照寺』（じしょうじ）と言って、建物が銀色という訳ではないため、金閣寺とは対照的で地味なイメージがあるわね。

銀色でないのに銀閣寺という名称がつけられた理由は、一つには金閣寺と対比されて呼ばれたということ、そしてもう一つは、冬の雪が積もった後の晴れた日に、太陽光が

反射して、黒塗りの壁が銀色に輝くからなのよ。

歩 まさに、白銀に輝く銀閣寺なんだね！ 銀閣寺は白銀比の象徴的な建築物だね。日本の古来の建築物は、「侘び・寂び（わび・さび）」を感じるね。日本人としてすごく愛着があるなあ。

葵海 そうだね。「侘び・寂び」の文化が誕生したのは、銀閣寺（慈照寺）が創建された、１４４０年〜１４９０年頃の室町時代の後期からなんだ。銀閣寺は、華やかな金閣寺とは対照的なイメージにしたのは、資金難だったこともあるけど、もう一つ重要な理由があるんだ。それは、銀閣寺の建設当時は１４６７年の応仁の乱の直後で、都も荒れ果て、国民は疲弊し、明日を生きるのも精一杯の時代だったからなの。足利義政は、文化こそが人々の心に平穏と豊かさをもたらすと考え、銀閣寺が戦をも超えた存在であってほしいという平和を願う意味を込めたのよ。他方、金閣寺は、足利義政の祖父の足利義満が、１３９７年に舎利殿として創建したのが始まりだね。

歩 へえー。平和の象徴は銀閣寺なんだね。たしかに、銀閣寺は見ているだけで落ち着くところがあるもんね。自己主張の強い欧米的な考え方とは対極なんだね。このような日本的考えが世界に広まれば、世界はより平和になりそうだね！

葵海 そうね。ここでも西洋の分離や競争、東洋の統合や調和の対比が見て取れるわね。

歩 日本が白銀比を採用したのはそういう理由なんだね。

葵海 理由は他にもあるわ。木造建築が多い日本では、丸太から角材を切り出す際、材木を無駄にしないよう最も効率的だったからという側面もあるの。

歩 そうか、日本人特有のモノを大切にする「もったいない」精神と、合理性を兼ね備えた誇るべき考え方なんだね。

葵海 そうね。狩猟民族として身体の大きさが求められた西洋人と、農耕民族として共同体の和を重んじた日本人との違いともいえるね。

歩 共同体の中で上手く人間関係を構築するには、愛嬌や親しみやすさが優先されたんだ。

77年周期で日本の第三の開国が始まった

葵海 日本の文化や言語や思想が、これからの新世界ではどんどん世界に広がっていくのよ。

歩 それは、日本人として嬉しくもあり、楽しみだね。たしかに、２０２０年東京オリンピックをきっかけに、外国人観光客が増えたね。開催は２０２０年から一年延期されて２０２１年となったけど、ロゴマークは２０２０年のままだったよね。

葵海 日本にとって、２０１２年のアベノミクス開始、２０２０年のコロナパンデミックと東京五輪開催は日本の歴史において大きな転換点となったのよ。

歩 たしかに、日本が世界に存在感（プレゼンス）を示すきっかけになったのは、その二つの出来事からだね。

一方、その頃から、日本は外国人の受け入れを増やす移民政策を進めているね。ただし、これが国内の治安悪化や外国人への優遇につながっていると、特に保守勢力からは批判が寄せられている。人口減少による労働力不足は理解できるけど、国土を守る意味で、外国人に門戸を開くことは慎重に検討すべきではないのだろうか。

葵海 そうね。コロナパンデミックをきっかけに、日本は第三の開国が始まったの！

第一の開国が１８６８年の明治維新の時で、第二の開国が１９４５年の太平洋戦争終戦の時ね。そして、第三の開国は２０２２年からであり、ちょうどこの三つは77年周期となっているのよ。

歩 えっ、ああ本当だ。たしかに77年周期だね……。でも、コロナパンデミックは２０２０年に開始だったけど、２０２２年に開国というのはなぜなの？

葵海 まず、円安と物価高が始まったのが２０２２年ね。

これを契機に、これまでの約30年間のデフレがようやく終わり、経済が拡大し始めているわ。また、世界のグローバル企業が、日本に進出を始めた年が２０２２年よ。

そして、２０２２年７月８日には、１９５５年体制の自民党をつくった岸一族であり、アベノミクスの張本人である安倍晋三元総理大臣が暗殺されたわね。それをきっかけに、自民党と統一教会の関係が表に出て、以降は自民党も変わってきたのよ。つまり、２０２２年は１９５５年体制が崩壊し、新しい政治が始まった年ともいえるのよ。

歩 なるほど。たしかに、円安と物価高は、日本の国際的プレゼンスを高めるきっかけになったと言えるね。外国人や外国企業の受け入れ拡大政策とも繋がるね。

葵海 さらに、日本の人口減少は２００８年から開始されたんだけど、近年それが加速していて、特に２０２０年のコロナ禍以降は顕著よね。それに呼応して、日本に訪れる外国人は増えている。

これは人手不足による外国人材の確保という国策もあるわね。たとえば、ブルーカラー分野では、２０１９年に特定技能制度を創設し、労働者として外国人の受け入れを加速させているわ。実質的な移民政策と言ってよい方向転換が次々と行われている。
２０１９年４月１日に、これまでの法務省入国管理局が廃止され、法務省の外局として「出入国在留管理庁」が設置されたのも外国人の受け入れ加速を象徴しているわね。それに伴い、治安の悪化が進んでいるのも事実ね。それだけこれまでの日本は治安が良い国だったのね。でも治安の悪化については、日本の得意な科学技術によって乗り越えていくのよ。

歩　科学技術で治安を良くするってこと？

葵海　そうね。たとえば、先進的な監視技術、顔認識システム、センサーネットワークなどを利用した犯罪の予防や早期発見を可能とする予防犯罪技術も進んでいくわ。
また、監視カメラや人工知能を利用して、異常な行動パターンや挙動を検知することで、犯罪予防に繋げようとする取り組みも進んでいくのよ。

日本語が世界を平和にし、大調和の世界を築き上げる

葵海 外国人の受け入れは、必ずしもすべてが悪いことばかりじゃないのよ。

歩 悪いことばかりじゃない？

外国人を受け入れることは日本にもメリットがあると言うのかい？

葵海 日本国にとってのメリットというよりも、むしろ人類にとって大きなメリットがあるのよ。あなたたちは、どうしても自分たちの国のことを優先するように考えてしまうようだけど、それが分離の意識なのよ。大切なことはそうではないのよ。

全世界から人材が入ることで、日本語教育が進むことは間違いないでしょう。

これまでの英語が主流だったアングロサクソン文明とは異なり、これからは長い時間をかけて世界中の人々が日本語を学ぶようになるわ。

歩 世界中の人々が日本語を学ぶことが、人類にとってメリットがあるってこと？

葵海 そうね。英語の構文と日本語の構文は、まるで真逆になっているのよ。

英語は主語と述語がはっきりしているでしょ。ということは、「誰が」や「何をした」に重点を置く言語なのよ。一方、日本語は主語や述語が曖昧にできているわ。

つまり、わたしとあなたは、分離しない構文となっているのよ。

歩 日本語は主語と述語が分離していない？

葵海 そう。だから、争いや対立が起きにくいのよ。

歩 そっかあ。西洋人の自己主張の強さは、言葉の要因もあるんだね。
葵海 実は日本語には、もう一つ重要な特徴があって、日本語は左脳で聴く言語と言われているわ。
歩 日本語が左脳で聴く言語？ そうすると、英語は右脳で聴く言語ってことかい？
葵海 そうね。右脳は、図形や芸術形などの視覚的情報処理の他に、音楽や機械音、雑音を聴く脳と言われている。一方、左脳は言語脳と言われ、人間の話す声の理解など、論理的な知的処理を受け持つとされているの。
東京医科歯科大学の名誉教授である角田忠信氏の著書『日本語人の脳 理性・感性・情動、時間と大地の科学（２０１６）』でも示されている通り、日本人は日本語を左脳で聴くことができるから、虫の鳴き声を言葉として処理できるの。
一方、外国人には、虫の鳴き声は雑音として聞こえてしまうようだわ。
歩 それ聞いたことある。半信半疑だったけど、本当なんだあ。
葵海 このような特徴は、世界でも日本語とポリネシア語だけに見られ、中国語や韓国語も西洋型になっているのよ。日本とポリネシアはムー大陸の原型であり、この文明の原点であることは言ったわね。
興味深いことに、日本人でも9歳くらいまでに外国語を母国語として育てられると西洋型となり、外国人でも9歳くらいまでに日本語を母国語として育つと日本人型になるようなの。

歩　へえー。つまり、世界中の人々が日本語を学べば、左脳で言語を処理するようになり、争いが減っていき、虫の鳴き声まで理解できるってことだね。

葵海　ここからがとても重要なんだけど、なぜ、虫の鳴き声が理解できるかと言えば、日本語がより自然や大地と共鳴しやすい言語だからだと言えるのよ。縄文時代までさかのぼると、かつての日本人は虫の鳴き声を理解できていたと言われているわ。「虫の知らせ」という言葉もある通り、当時は電気も電話もないし、もちろんインターネットもない時代だったから、日本人は虫から家族の安否を聞いていたという話もあるのよ。

歩　へえー。日本語にはそんな特徴もあるんだね。

でも、左脳で言葉を処理すると、なんで虫の鳴き声が言語として聞こえるのだろう。

葵海　日本語は、母音と父音と子音から構成されているのよ。

母音が地球のシューマン共振と共鳴し、父音が宇宙のシューマン共振と共鳴し、48音の子音が生まれるのよ。

歩　母音と子音は分かるんだけど。父音ってのが分からないな。

葵海　父音というのは、潜象界の音だから、形になる前のものよ。

カタカムナ文字で言ったように、現像界（母音）と潜象界（父音）が統合して、言葉（子音）が生まれるのよ。日本語には多言語にはない特別な力があるのよ。

歩 父音「潜象界＝見えない世界＝エネルギー」が、母音「現像界＝見えている世界＝あいうえお」と重なり統合して、子音という48音の言葉を生んでいるのか。なるほど。それはすごいや！

神代文字に隠された大いなる秘密

葵海 カタカムナ文字の48音はヨハネとも読める訳だけど、わたしたちの生命の根源は、48音の波動からできているのよ。縄文時代やその前の古代の人々は、その波動（言靈、型靈、数靈、音靈、色靈、香靈）の力を扱い、病や怪我を治していたの。

歩 言葉だけじゃなく、形、数、音、香りにも波動エネルギーの力が宿っているという考え方があったんだね。カタカムナ文字は秘めたる力を持っているんだね。

葵海 カタカムナ文字は約12000年も前の文字だけど、その後にも多くの「神代文字（じんだいもじ、かみよもじ）」が生まれているのよ。具体的には、次の通りね。

1－カタカムナ文字…縄文時代に『カタカムナ文献』で使用
2－ヲシテ文字…『ホツマツタヱ』で使用、五七調、アワ歌
3－龍体（りゅうたい）文字…約5600年前の縄文時代で使用、48音
4－豊国（とよくに）文字…上記（うわつみ）で使用
5－天名地鎮（あないち）文字…47音の表音文字
6－阿比留草（あひるくさ）文字…対馬国の卜部氏、阿比留氏に伝わった47音

他にも、日文(ひふみ)文字、サンカ文字、阿波文字、出雲文字、対馬文字、秀真（ほつま）文字などが有名で、一説には約30種類以上もあると言われているわ。

特筆すべきは、ヲシテ文字が48音で表現され、五七調の形式で書かれているところよ。この五七調は、現代の俳句や和歌、短歌に受け継がれており、特に注目される点ね。

この五七調は、7÷5＝1．4となり、白銀比になっているわ。

歩 本当だ！ 言葉にまで白銀比が使われていたのか。

葵海 また、ヲシテ文字（アワ歌）は、フトマニ図（モトアケ図）の形状をしており、真ん中の「アウワ」から同心円状に描かれている。

フトマニ図は、中心から始まる一番目の輪は、「トホカミヱヒタメ」と左回転で読まれ、次の輪は「アイフヘモヲスシ」と右回転で読まれる構造を持っているわ。

これはしばしば「神の座席表」とも言われ、宇宙の法則を二次元化して、この世の創造と万象万象が描かれているのよ。

歩　へえー。ヲシテ文字は宇宙の法則、この世の創造、万物万象を表していたんだね。ヲシテ文字はいつ頃作られたの？

葵海　ヲシテ文字（アワ歌）は紀元前５０００年程前につくられたとも言われているから、イザナギ、イザナミの国生みの縄文時代ね。

同心円に文字が並べられていてところはカタカムナ文字と同じね。中心のアとウとワの文字については、アが左回りの渦で「天＝陽＝精神＝主体」を表していて、ワが右回りの渦で「地＝陰＝肉体＝客体」を表しているのよ。古事記の国生みで最初に誕生した島である、淡路（アワの道）島とも関係があるのよ。

両方の渦の統合によって、生命や物事が創造され、現象が生まれるという意味になり、その現象をウ「宇宙＝この世のすべてであり、宇宙の根源」で表しているの。

図5　ヲシテ文字（アワ歌）のフトマニ図とホツマツタエ

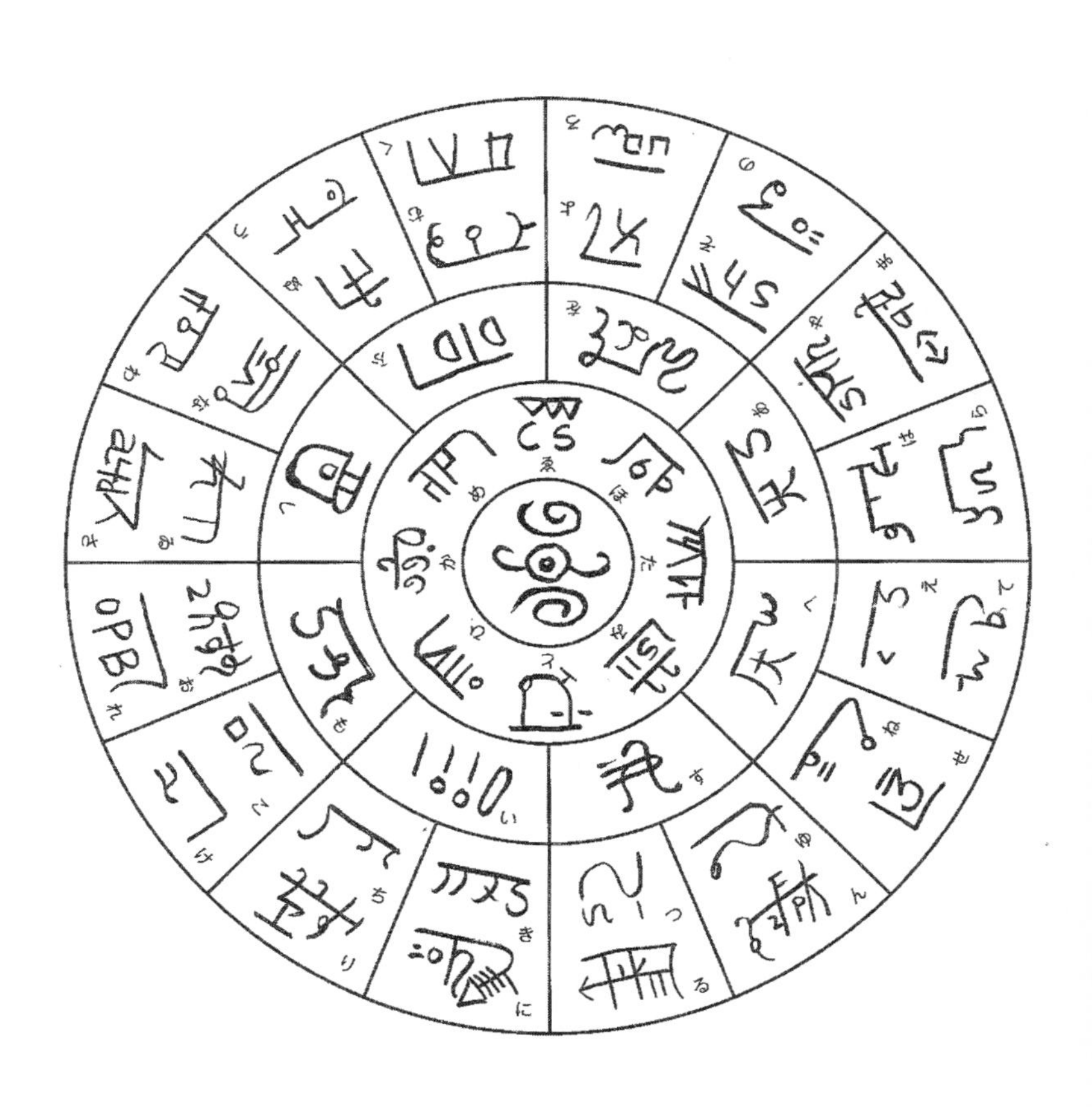

図６　龍体文字

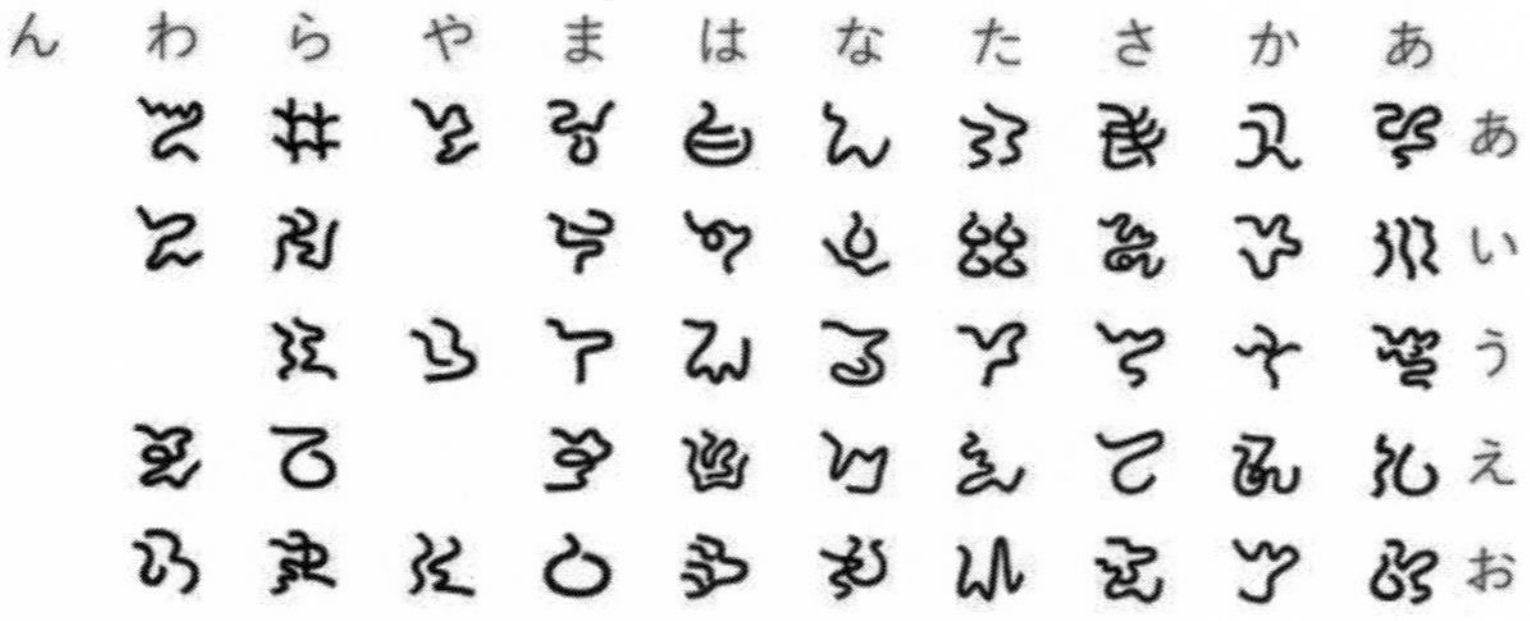

ん　わ　ら　や　ま　は　な　た　さ　か　あ

あ　い　う　え　お

図７　阿比留草（あひるくさ）文字

図８　豊国（とよくに）文字

鳴門海峡の渦潮の秘めたる力

歩 そうか、だから淡路島に渦潮の鳴門があるんだ！

葵海 そう。鳴門海峡の渦潮には秘めたる力があるのよ。徳島県鳴門市と兵庫県淡路島の間に位置する鳴門海峡で見られる「鳴門の渦潮」は、世界三大潮流の一つであり、その渦の大きさは大潮時に直径約30 mにも達し、世界最大とされているわ。残りの二つは、イタリアの「メッシーナ海峡」とカナダの「セイモア海峡」ね。

歩 鳴門の渦潮は世界最大規模なんだね。でも、なぜ鳴門海峡で渦潮が発生するんだろう。

葵海 鳴門の渦潮が発生するメカニズムは、太平洋から瀬戸内海に流入する二つの海流が合流する時間差、満潮と干潮による海流が合流して生じる水位差、早い海流と遅い海流の速度差に関係があるの。

そして、世界最大規模となる理由は、鳴門海峡が潮の流れが急激であること、鳴門海峡がV字型で急激に深く落ち込んでいることに関係があるのよ。

太平洋からの満潮の海流は、紀伊水道を通って淡路島に到達後、瀬戸内海へ直接流れ込む鳴門海峡コースと大阪湾から迂回する明石海峡コースの二つに分かれて進む。

鳴門海峡では、これらの海流が合流し、満潮と干潮の差による水位差が生じる。この水位差によって激しい海流が発生し、急激に狭まった鳴門海峡では渦潮が発生するのよ。渦潮は満潮と干潮の間の約六時間ごとに生じ、その前後一時間半くらいが見頃なのよ。大潮の時は最高時速20 mにも達し、この潮流は日本一の速さであり、世界でも三番目に速いのよ。

歩　世界最大級の渦潮は、瀬戸内海の複雑な地形が生んだのか。

葵海　『古事記』や『日本書紀』の冒頭に登場する「国生み神話」によれば、日本国土の形成に関する「国生み儀式」で最初に誕生したのが淡路島であり、それに続いて四国、隠岐の島、九州、壱岐、対馬、佐渡、そして本州が生まれ、「大八洲（おおやしま）」という古代日本の国土ができ上がったとされているわね。

この大八洲の「国生み儀式」には、鳴門の渦潮のエネルギーが活用されたのよ。

鳴門海峡の渦潮の渦には、世界的にも非常に珍しく、右巻きと左巻きの両方がある。上から見て中心から外側に向かう際、時計回りに見えるものが右巻きであり、その反対が反時計回りで左巻きね。この右巻きと左巻きが国土形成に関係しているの。片方だけでは形（現象）は生まれないのよ。

歩 なるほど、鳴門の渦潮は、まるでカタカムナ文字やヲシテ文字のように、現像界と潜象界が融合する仕組みになっていて、その融合により国土が形成されたんだね。そういえば、鳴門海峡の渦潮を世界遺産に登録する動きもあるよね。

葵海 淡路島の歴史的建造物と一緒に、鳴門海峡の渦潮も世界遺産に登録される日はそう遠くないわ。何といっても日本発祥の地だからね。

歩 話を戻すけど、カタカムナ文字による『カタカムナ文献』は今から１２０００年以上前だよね。日本最古の書物として広く知られているのは『古事記』や『日本書紀』だけど、それらの書物より前にカタカムナ文字やヲシテ文字はあったんだよね。

葵海 そうね。『古事記』は、奈良時代の西暦７１２年に元明天皇に献上され、『日本書紀』が７２０年に元正天皇に献上されたとされているけど、『竹内文書』、『ホツマツタヱ』、『カタカムナ文献』は、さらに古く５０００年～１２０００年以上前と言われているのよ。これらの文献は偽書だという話もあるけど、真実はいずれ分かるわ。もうすぐ、伝えられる時期を迎えるのよ、あなたたちの本当の歴史が……。だから、その時を楽しみに待っていてね！

神代文字は「神＝光」からの贈り物

歩 神代文字は国生みとも関係があったんだね。

葵海 昔の人は、言葉や祈りを大切にしていて、言葉は霊界と繋がるということを理解していたの。良い言葉を使えば、良い未来が開けるのよ。

日本では昔からそう伝えられているの。すべての始まりは言葉からであり、宇宙の創生は言葉と共にあったのよ。言葉は光そのものであり、神代文字は光のエネルギーだったの。縄文人が天から降ろされたものを48文字の形にしたのよ。

人間に言葉を与えたのは、神の意志なのよ！

歩 でも、なぜ神は人間にだけ、言葉を与えたのだろう。

動物にも、お互いのコミュニケーションとしての言葉はあるけれど、人間のように文字として形に残るものはないよね。

葵海 そうね。言葉は意志を持っており、言霊の力は、光速を超え、次元を超え、時に人々の思考を変え、意識をも変えるのよ。そして、習慣を変え、現実を変え、運命をも変える力があるのよ。

つまり、言葉を与えたということは、人間にのみ自由意志を与えたということなの。

歩 その言葉は、日本が発祥なんだね！

葵海 神代文字は日本だけじゃなく、世界の言語の源なのよ。それが公開されたとき、大調和の黄金の文明が始まるのよ。

歩 言葉が黄金の文明を開く鍵ってこと？

葵海 そうね。その時に、新しいスメラミコト（メシア）が誕生するのよ。その鍵は神代文字にあるの。

そして、民を救済し、人々の想念を縄文時代の精神に戻し、土地やお金やその他あらゆる物の所有という概念を失くさせ、資源の略奪と争いから民を解放し、大調和で対立のない穏やかな愛と光に包まれた世界に戻すのよ。

歩 その鍵となるのが神代文字ってことなの？

葵海 スメラミコトとは、古代日本における天皇の読み方の一つで、初代天皇である神武天皇（日本神話の最高神とされる天照大神の末裔）も在位中は「ハツクニシラススメラミコト」と呼ばれていたのよ。

「スメラ」とは「統べる」であり、これは「統治」ではなく、「統一、統合」を意味し

ている わ。「ミコト」とは、「命」であり、「スメラミコト」とは文字通り「統合された命」という意味があるのよ。

歩 なるほど。神は統合された命か！

つまり、黄金の新世界は二元性が統合された形ってことだね。

葵海 そう。わたしたちはもともとは一つの存在。それが神なのよ！

つまり、わたしたちは神の分け御靈なのよ。「神＝カミ」というのは、「カ＝火、太陽、男性、物質」であり、「ミ＝水、月、陰、女性、精神」を表していているのよ。

また、「鏡＝カガミ」というのは、カとミの間に「ガ＝我欲、エゴ、煩悩」が入り込んで分離した今の世界を表しているの。

鏡を見ればあなたが映っている。つまり、「あなたが本当はどういう存在か、それを見れば分かるはず」という意味が込められているのよ。

歩 なるほど。鏡に映っている自分は「統合された命の間に入った自我によって分離した自分」ってことか！　なんか、すごくしっくり来るね。

葵海 世界中の人々が、日本の古代文字（神代文字）が世界の文字の源であることを知ったとき、平和な世界が始まるのよ。

そのための古代遺跡や書物などが、これからどんどん発見され、公開されるのよ。

国民の意識が統合し、自由で平和な世界が到来する

歩 世界は統合に向かうんだね。だから、グローバル化の流れは自然なんだね。

葵海 わたしたちの世界では、そもそも、国境がないわ。

歩 国境がない？ グローバル化が進むと国境すら無くなってしまうのか。そうすると、日本やアメリカという国名も無くなるの？

葵海 いいえ、国名は残るわ。簡単に言えば、日本の都道府県のような存在になるのよ。都道府県同士の移動は、誰の許可も要らないでしょ。県境はあるけど、自由に行き来でるでしょ。それはただの出身地を示すものであり、互いに他の出身地を差別することもないわよね。いずれは、国境もそうなるのよ。

歩 たしかに、方言の違いはあるけど、それで差別なんてしないよね。

葵海 ってことは、国境を行き来するのに、ビザなどは必要なくなるの？

葵海 ビザやパスポートは不要になるわね。

歩 いつからそうなるんだい？

葵海　それはあなたたち次第よ。未来は決まっていないのよ。時期というのは、世界の人々の集合意識によって変わるものよ。あなたたちが望めばすぐにでもそういう世界は訪れるわ。逆にいつまでも他国を毛嫌いして対立軸を持っていれば、ずっとこのままの争いの地球でいることになるのよ。

裏を返せば、誰かが決めるものではないし、誰かが決めたところで、人々が求めていなければ元に戻るだけよね。

歩　しかし、国境の行き来に制限がないのはリスクもあるかもね。

葵海　歩たちがそう考えているうちは、実現することは難しいわね。

でも、世界はもともと一つよ。

五色人がムー大陸から五大陸に分かれた理由

葵海　今の文明はムー時代から始まっているの。

ムー時代では、様々な人種が一つの大陸で共存していたんだけど、次第にお互いを受け入れられなくなり、衝突が増えて来たわ。その後、五つの人種が五つの大陸に分かれたの。波動の合わないもの同士はいずれ違う世界で生きていくことになるのよ。

つまり、人々は分離を体験するために、五大陸に分かれたのよ。

・世界の大陸とは

大陸プレートによって、一般的には、世界は六つに分かれる

1 ユーラシア大陸
2 アフリカ大陸
3 オーストラリア大陸
4 北アメリカ大陸
5 南アメリカ大陸
6 南極

このうち、南極には先住民が存在しない。また、ユーラシア大陸をアジア大陸とヨーロッパ大陸に分け、六大陸とする説がある。

歩　へえー。皆で仲よくすればよかったのに。

葵海　分かれたことは必ずしも悪いことばかりではないのよ。すべてを善悪で捉えないほうがいいわ。どちらにも理由があり、意味があり、正解があるの。分かれたことで国家間の競争が進み、物質文明が栄え、高度な科学技術を発達させることができ、幸せや安全などの恩恵を受けることができたわ。

歩　なるほど。分離は競争を促し、資本主義や物質文明を加速させた側面があるのか。

葵海　そうよ。でもこれから、世界はまた一つに統合するように方針転換していくの。そしてそれは、みずがめ座の時代に入り急速に進むのよ。そもそも宇宙から見たら、地球は一つの存在よ。人間が肌の色や言葉の違いや宗教観や思想、考え方で分けているだけ。分離や分断の意識が作ったものよ。

歩　そうか。だからどの先進国も移民を受け入れるようになってきているんだね。移民を受け入れるかどうかで今、国は保守と革新で二分しているよ。

葵海　保守と革新に分かれて、争うのも分離の象徴よね。

歩　世界の統一っていうのは、どこかの大統領が主導して決めたの？

葵海 政治主導ではないわ。独裁的な力では無理でしょう。最後は国民が決めるものよ。国民が分離の意識でいる限りは、愛と平和と調和の世界はやってこないのよ。競争社会は、格差社会を生み、疲弊社会を生むのよ。そのことに気付いたほうがいいわ。

歩 うん。

葵海 現代人は、保守や愛国主義という名の元、他国を毛嫌いしている。自由な行き来を受け入れる統合の時代はほど遠いわね。そういう考えがあるうちは争いは絶えないし、戦争も終わらないわね。今も世界のどこかで戦争や紛争が起きている。それは「他者を受け入れたくない」という考え方が根底にあるのよ。「受け入れたくない」という感情には愛がないわね。

歩 「愛」という字は、「心を真ん中に受け入れる」だったよね。でも、発展途上国の労働者が日本に移民してくれば、犯罪はこれまで以上に増えてしまうのではないかな。

葵海 そうね。途上国などの貧しい国では窃盗が日常化しているわね。

たとえば、アフリカのソマリアにいる海賊は、貧しい家庭に生まれた若い子たちが多くて、日本では考えられないかもしれないけど、彼らは生きるために海賊になり、盗みを働くの。たしかに、貧困、無職、教育不足などの社会的要因と犯罪の発生率とは、重要な相関があるわ。

でも、犯罪者が必ずしも社会的階級が低い人たちということでもないわ。心に余裕がなく起こす場合もあるわ。幼少期の虐待、家庭の不安定さ、親の犯罪歴など、家庭環境が犯罪のリスクを高めることもある。

アルコールや薬物の乱用、その依存が犯罪の原因となる時もある。だから、日本人にだって犯罪者はいるし、これから増えることだって考えられるわね。

歩 それは分かるけど、日本は世界的に安全で治安が良いよね。

葵海 そうね。移民の受け入れにより一時的には治安が悪化するでしょうね。その解決にはまだ時間はかかるわね。これからはセキュリティーの強化が重要ね。

先程のソマリア海賊の件では、海上自衛隊をソマリア沖に派遣し、護衛艦二隻で海上警備活動を行ったの。日本の自衛隊を含む各国の海軍がパトロールや取り締まりを行うようになったことで、２０１３年前後に海賊は減少傾向にあるわ。

でも、警備だけでは、完全に解決されないわね。

世界で貧困がなくなればいけなくて、いずれそういう未来もあるのよ。

歩 貧困を減らさなければいけないね。

ＢＲＩＣＳ諸国の台頭もあり、いずれはそういう日が来るんだよね。

葵海 そうね。世界中の人々が日々幸せな感情で溢れていれば、自分も他人も傷つけたりしないわ。

ネガティブな感情や恐れの波動が対立や争いを生み、心に余裕をなくしているのよ。

日本人でも今、そういう波動を強く持っている人が増えているわ。

歩 そうか。心に余裕がなくなって、罪を犯してしまうんだね。

よく、「国民一人一人の意識や靈性レベルを上げる必要がある」と言われるけど、その前に心に余裕をもたないといけないね。そのためには、争いや比較を減らす必要があり、それは恐れの波動を手放すことからなんだね！

葵海 そうよ。何も難しいことではなくて、「今に幸せを感じること」、「この環境、出来事に感謝で満たされること」それだけでいいのよ。

そうすれば、どんどん世界は良い方向に向かうのよ。あなたの人生もどんどん好転していくのよ。そして、あなたの意識は他者に影響を与えるのよ。

そのためには、自分に素直になることね。

歩　どこかの主導者が、世界統一政府を創って、この社会を良い世界に導いてくれるものだとずっと思っていたよ。そうじゃないんだね。

葵海　それじゃあ、うまくいかないわ。

別の考え方をもった指導者がまた現れ、元に戻るだけで意味がないわ。

仮に大統領が生まれても、それを潰す勢力が現れ、失脚させられ、また元の世界に戻る。その繰り返しをずっと続けて来たでしょ。

結局、国民の意識レベルが改善されていかなきゃダメなの。

人類の集合意識が「自由で争いのない世界」を受け入れられない状況では、独裁政府が正しいと思う社会を創ったところで意味がないのよ。

そのことを国民は理解するべきよ。


歩　分離の意識から統合の意識に変えていかないとね。

分離の意識が強い人は、常に争いや比較の世界で生きているんだね。

それでは、地球はいつまで経っても大調和の世界とはならないんだね。

次元上昇すると人間関係に変化が訪れる

歩　次元上昇すると、国同士だけでなく、日常生活の人間関係も変化することはあるの？

葵海　そうね。次元上昇すると真っ先に起きるのが、人間関係の変化よ。たとえば、会社で波動がまったく合わなかった人が異動や退職で目の前から去ったり、突然これまで仲が良かった友達が離れていったり、家族、夫婦も含め、これまで無意識に続けて来た人間関係のリセットが起きるのよ。

ツインレイやツインフレーム、他の深い縁のソウルメイトとの関係は、時にはサイレント期間があるのよ。この期間は、古い次元での執着やカルマを解消しながら、自己の次元を高める過程で、以前のパートナーが姿を消したり、執着心の手放しが完了すると、新しい次元で再会することがあるの。

あなたの次元が上がると、関係も変化し、人間関係は日々変化するのよ。

歩　なるほど。人間関係は、今の自分が身を置く次元に応じて変わっていくのが自然なんだね。自分の次元が上がると、目の前に映し出される相手も変化して、結果的に人間関係は激変するんだね。

・ツインレイ、ツインフレーム、ソウルメイト、サイレント期間とは

1－ツインレイ（twin-ray）…魂の伴侶とされる存在であり、魂が最初に分かれた際に生じたもので、深いつながりを持つ相手とされ、お互いの関係は、精神的、感情的な結びつきがとても強く、時には苦難や成長を伴い、人生の重要なパートナーとされる。

2－ツインフレーム（twin-flame）…ツインレイとは異なり、別の魂からの分離とされるが、同様に重要な人生のパートナーである。

3－ソウルメイト（soulmate）…ツインレイやツインフレームよりも広い範囲で使われる魂の仲間で、親友、家族、パートナー、あるいは偶然出会った人など、様々な人との関係を含む。

4－サイレント期間…、ツインレイや深い魂の縁を持つ人々が経験する、一時的なコミュニケーションの中断や距離を指す。この期間中、一方もしくは両方のパートナーが物理的に離れたり、交流を減らしたりすること

がある。これは、魂の成長や学び、調整、浄化、そして次元の移行に関連している。サイレント期間は通常、内省や自己の発展に集中するための時間として捉えられる。

歩　ってことは、波動が合わない人とは離れた方がいいんだね。

葵海　離れることは悪いことではないわ。また必要になれば出会うことになるのよ。

歩　恋愛でも同じなんだろうね。では、男女関係などの嫉妬、妬み、恨み、辛みも分離の意識なのかな。

葵海　嫉妬も独占欲だし、所有欲ね。そして、不安や不信感などの恐れの感情が嫉妬を生み出すわ。妬み、恨み、辛みも比較や争いから生まれるものね。

人間は欲望という煩悩の塊だから仕方ないけど、その煩悩を手放せない限り、真の意味での自由や幸せは訪れないのよ。

人類の覚醒や次元上昇は、そういう感情を手放した先にあるのよ。

歩　欲望という煩悩を手放すと自由や幸せが訪れるのか。

これまで教わって来た「努力して幸せを勝ち取る」という考え方とは真逆の発想だね。

葵海　そうね。それから、「煩悩」の対義語は「正覚」って言うように、煩悩を軽くし、自由や幸せを得ることが、波動を上げ、次元上昇（アセンション）することにとても重要な意味を持つのよ。

歩　なるほど。嫉妬が薄れると、人間はどうなるんだろう。

葵海　そうね。まず、嫉妬が薄れると、相手に対してより信頼を寄せることができるようになるわ。信頼は、健全なパートナーシップの基盤であり、より良いコミュニケーションや絆を築くための重要な要素よ。

そして、嫉妬から解放されると、個人として成長し、幸福を追求することにお金や時間、エネルギーを注ぐことができるようになるわ。嫉妬に囚われずに、自分自身の目標に集中することができるわ。嫉妬は、自分自身を見失うことに繋がるのよ。

嫉妬を減らすとパートナーとの関係は良好になる

歩　つまり、嫉妬がなくなれば、パートナーとの関係は良好になるってことだね。そして、自分自身の目標に集中することができ、自己意識を高めることに繋がるんだね！

葵海 次元上昇し、意識が広がっていくと、高い周波数の領域に意識の軸が固定されていくわ。

徐々に恐れや罪悪感などのネガティブな感情に囚われることが少なくなり、喜びや幸せなどのポジティブな感情を感じやすくなり、自分らしく生きていけるようになるわ。

だから、次元上昇（アセンション）が先にあるのではなく、恐れや不安や嫉妬などの負の感情を手放し、自分や他者に自由や許しを与えることがまず先に必要なのよ。

歩 つまり、次元上昇は、他力本願ではなく、自分の意識の広がりで一歩踏み出すことができ、その先に、喜びや感謝を深く感じようになり、自分らしい人生を生きていくことができるようになるんだね。

じゃあ、次元上昇した先の未来では、恋人や夫婦という概念も変わっていくのかな？

葵海 世界では一夫多妻制を取り入れている国もあるわ。

・一夫多妻制と一妻多夫制とは

一妻多夫制とは、一人の女性が複数の男性との結婚が可能、または奨励されている結婚制度。イスラム教の聖典「コーラン」が、平等を条件に重婚が認められてい

ることから、ブルキナファソやマリ、セネガル、ナイジェリアなどの西アフリカ、ウガンダやタンザニアなどの東アフリカでは、一夫多妻制の婚姻率が高い。エリトリア、インド、フィリピン、シンガポール、スリランカなどアジアでもイスラム教徒が多い国は採用している。

逆に、一妻多夫制は経済的に貧しい地域では一部採用しており、一人の女性とその子供を一人の男性の経済力によって養うことが非常に難しく、複数の男性で支えることにより女性の生活と子供の成長を保証することができる。

歩 一夫多妻制は宗教的意味合いが強いね。

一方、一妻多夫制を採用する国は多くないね。まだ男尊女卑が根付いているんだね。

葵海 一妻多夫制は、人間だけでなく鳥類や哺乳類を見ても、少ない配偶システムね。自然界では、ミツバチがそうね。一匹の女王蜂に対して大勢のオス蜂が交尾をする、まさに一妻多夫制ね。

もともと、一夫多妻制は宗教な意味合いの他に、種を残す意味が強いからね。

歩 自然界では、種を残すため本能的に選んだのだろうね。

葵海 これも随分と先の話になるだろうけど、国民の意識が拡張した先に、嫉妬心や独占欲が減り、宗教の偏りもなくなり、自由な意識が広がればそうなってくるわ。今では信じられないだろうけど、集合意識は分離から統合に向かっているのよ。

性別に関する垣根も徐々に無くなっていくのよ。その兆候として、LGBT(L:レズビアン、G:ゲイ、B:バイセクシャル、T:トランスジェンダーの頭文字)の考え方が増えてきたのよ。

所有という概念がなくなるために必要なこと

葵海 夫婦関係だって法律で縛るべきではないわ。法律は国民を縛るために存在するんだけど、法律があるから平和や安心が保たれていると誤解している地球人も多いわね。

波動が軽い世界線では、法律という概念もないわ。

歩 波動が軽くなった世界では、法律がなくなるんだね。それが理想だね。

葵海 そうよ。孔子が説いた論語の中に、「之を導くに政を以てし、之を斉（ととの）うるに刑を以てすれば、民免れて恥無し」という言葉があるけど、これは、「国民を導くために政策を用い、また治めるために刑罰をもってすれば、国民は法律の穴を見つけるでしょう。しかし、徳をもって国民を導き、礼をもって国を治めるならば、国民はその身を正すようになるでしょう」という意味ね。本当は、法律の整備ではなく、倫理観や道徳心や徳を広げていかなければいけないのよ。

歩 執着心を持ちすぎるのも良くない一方で、相手の気持ちに寄り添うことも大切だね。

葵海 執着心が減ると、物だけではなく人に対しても所有欲が減るのよ。

歩 そっか。人を許せないのは執着心からなんだね。

葵海 愛国心や家族愛というのが必ずしも悪いと言っているんじゃないわ。しかし、その気持ちが強くなり過ぎれば、自分たちだけが重要で他者や他国を無視する自己中心的な考えが進み、分離意識を強め、争いの波動を加速させるのよ。一方で、分離意識から統合意識に変わっていくと、自己と他者の間に境界がなくなり、お互いを尊重するようになるわ。

物を所有することも同じよね。所有する際には、皆で所有するようになるのよ。

皆で物を分かち合うようになると、究極は所有という概念がなくなるのよ。

歩　所有という概念がない？　それはどういう感覚なんだろう？

葵海　じゃあ、なぜ所有する必要があるの。

自然界を想像してみて。動物たちは何か物を所有しているかしら。

この地球の資源は有限よ。地球に住む生命体や人類も同じように有限よね。

有限ということは、共に分かち合えばいいんじゃない。

奪い合ったところで、地球上の資源が増える訳じゃないわ。

歩　まあ、それはたしかに……。地球上の資源のことまであまり考えていなかった。

葵海　他者と比べることが減ってくると、誰よりもたくさん得たいという考えがなくなるのは自然だわ。すると、たくさん所有しよう、たくさん作ろう、たくさん消費しようという考えも少なくなる。

考えてみて！　着ている服も、食べ物も、生活必需品や車、家などの高級品もすべて、自分のものでなかった場合、誰よりも良いものをたくさん所有しようと考えるかしら？

「必要なだけで十分」という考えになるはずよ。

歩　まあ、そうだね。共同で使うこと自体、考えたことがなかったよ。

たしかに、共同で使うとなった場合、公共施設のようなものだから、特別に高級品でなくても良いかな。でも、食べ物はどうだろう。より良いものを食べたいかな。

葵海 良いものを食べるにしても、限度があるでしょう。

たとえば、嗜好品のお酒やたばこが無料で手に入るとして、有料だった時と比べてその何倍も飲んだり吸ったりしないよね。

歩 それはしない。

葵海 皆が良いものを必要なだけ消費するでしょ。

歩 なるほど。資源の大切さが良く分かるね。すると、食品のフードロスも減ってくるね。でも、所有という概念がなくなると、政府が食べる物から住むところまで与えるということになり、全体主義的になる恐れはないのかな？

それがないと生きていけない訳だから従わざるを得なくなる。

そうなると、自由が制限され、人権がなくなり幸福感は下がるんじゃないの？

葵海 そうね。だから、所有という概念がなくなるためには、政府と国民との間でもその他の世界でも上下関係のヒエラルキーが崩壊していないといけないわね。

上下関係があるから、下の者は従わざるを得ない訳だよね。

その順番が逆になったら大変なことになるわね。

別の言い方をすれば、個々の人々が政府からもっと自立していかなきゃいけないのよ。

もうお金のための人生を生きる必要はない

歩　同じように考えると、お金の所有欲もなくなっていくのかな。

葵海　そうね。国民の意識次第で、お金に不安を抱き、お金を追い求め、お金で争いをする時代も終わるはずよ。

歩　うーん、想像ができないなあ。

葵海　人々の最大の洗脳は、「お金」と言っても過言じゃないわね。その意識を減らしていくには、それなりの時間が必要だろうね。みんながお金のための人生を生きているわ。

歩　お金のための人生を生きている……。

葵海　お金のために我慢して仕事をしている人も多いわよね。「将来の不安がないくらいお金を貯めて早期退職をしたい！」と考えている人は少なくない。「今は我慢するときだ！」ってね。でも、その時間を取り戻すことはもうできない。

歩　理想論は分かるけど、そんなこと言っても……。

葵海　時間は今にしか存在しない！

そうしていくうちに、得てして目標額は上がっていく。

最初は老後に２０００万円必要と言っていたものが、達成すると今度は５０００万円になり、その後に一億円が欲しくなる。そうやって目標額はどんどん増えていく。

だけど、お金を稼ぐことだけに費やした年月は二度と戻ってこないの。

莫大な時間を費やして働いても、稼いだお金をすべて使わずに死んでしまえば、人生の貴重な時間を無駄に働いて過ごしたことになる。

歩　い、いや……。でも、お金を持って安心していられることが、自分の精神を良好に保つんだと思うよ！

葵海　そうかしら。あの世には、1円たりとも持っていくことはできないのよ。

あの世では、この世で稼いだ金額を羨まれることもない。

使い切れなかったことを惜しまれることはあってもね。

歩　お金を残したことをあの世で後悔すると？

葵海　老後のためにお金を残しても、使わずに亡くなってしまうケースが、どの先進国でも少なくないのよ。日本も例外ではないわ。
年齢が上がるほど貯蓄額は増えている。老後のために貯蓄すると言っていた人は、退職しても、そのお金を十分に使っていない。いや使えないのよ。

そして、70代になっても、まだ未来のためにお金を貯めようとする。

まあ、貯蓄がすべて悪いと言っている訳ではないわよ。

でも現実として、年齢層が上がるほど貯蓄額は増えているのよ。

お金に対する「不安や恐れ」という感情が大きいのね。

歩　感情を軽くしたり、次元上昇（アセンション）をしたりすれば、人々のお金の価値観も変わっていくんだね。

葵海　お金は物質主義の象徴ね。

お金を独占したところで、地球上の資源や物が増える訳でも減る訳でもないのよ。

お札という紙切れは、瞬時に、そして、無限に発行できるわ。

紙切れであるお金にそもそも価値なんてないわ。

あなたたちは「お金は価値あるもの」という錯覚をしているだけなの。

紙切れを増やしたところで、物や資源が増える訳ではないの。

どちらが正しいとか間違っているとかではないけど、人々の精神性が上がり始めているのはたしかよ。

「仕事」と「働く事」の意味

歩　ということは、未来にお金という概念がなくなるの？
葵海　まずは少しずつ、お金に対する考え方が変わっていくわ。
その先に、お金の概念はなくなっていくのよ。
歩　仕事をして得る対価がお金から別のものに変わるの？
葵海　仕事なんてのは、わたしの世界線ではないわ。「仕事」という言葉は、「事に仕える」と書くわね。つまり、与えられた役割に仕える、従うという意味よ。
あなたは仕事をしていて楽しい？　仕事しているときはワクワクする？
歩　そうだなあ。以前、大学病院に勤めていた時は、ワクワクするという感覚はなかった。日々のルーティンに追われて……。
やるべきことがどんどん増えてきたからね。
でも生活のために仕方ないと思っていたから、特に考えたことはなかったよ。
仕事をしないとお金がもらえないし、お金がもらえないと食べ物を買うことも寝る場所も確保できないし、生きてはいけないからね。

葵海 気持ちは分かるわ。皆、この世界では生活のために仕事をしているわね。でも、人は何のために生きているのかしら。

生活のために仕事をするけれど、その仕事はワクワクするものではなく、仕方なくしている。仕事というのは、事に仕える、上に従うものよ。

自分で決めていないだけに、自分の人生を生きてはいないと言えるの。だから、ワクワクなんかしないのよ。楽しめないのであれば、あなたが生まれたときに設定してきた使命や魂の任務じゃないと言えるわね。

歩 なるほど。皆が仕事を楽しめるようになればいいのにね。

葵海 そうね。だから、やらされているということではなく、もっと主体的に行うようにしたいものね。

歩 主体的に仕事をする必要があるね。仕事は働くとも言うよね。

葵海 「仕事」と「働く」は少し違うわね。「働く」の漢字は、人が動くと書くわ。そして、「働く」の語源は、傍（はた）を楽（らく）にする動きよ。

つまり、人が動いて、周りの人を楽にすることであり、周りの人を幸せにしたり、喜ばせたり、助けたり、楽にしたりする動きよ。

本来働くことは、上からの指示は関係なく、お金も関係なく、もっと主体的なものなの。やりたいからやっているだけという感覚ね。

歩 働くことは、単なる生計を立てる手段ではなく、社会に貢献し、他者のために尽力し、自らの使命を遂行する行為なんだね。

葵海 そうよ。そこにお金（給料）は本来関係ないわ。だから、給料が支払われなくてもやりたいことをやることが働くことよ。

歩 お金は関係ない？ でも、ボランティアじゃ困るよ。

葵海 ボランティアというより、趣味ややりがい、生きがいに近い感覚ね。ボランティアは、やらされているという感じがして、それよりも自らが望んでかつ充実感を感じながら行動することが大切ね。やりたいからやっているのよ。分かる？ あなたは、給料が支払われなくてもかつての仕事を続けたいと思う？

歩 無給では無理かな。やりたいとは思わないね。

葵海 そうよね。給料＝お金のために、自分のワクワク感を抑えて上に仕えている。それが、あなたの世界でいうお仕事よ。それは、世のため、人のため、社会のため、自分のために行っていると必ずしも言えないわ。だから、やりたくないことでも我慢してやっているの。

すると、時には、誤っていることでも気にも留めずに悪事に加担してしまうこともあるわ。

歩　なるほど。たしかに……。

葵海　仕事だと、「こんなこと、おかしいな」と思うことも平気で引き受けるのよ。

禅語で「善く我が為に辞せよ」と言うが、本当は間違った仕事は断るべきでしょ。

逆に、自ら決めたことなら、他人に言われるまでもなく率先してやるわよね。

歩　まあそうだけど。そうは言っても難しいなあ。

皆、それぞれの立場があるから断れないよね。今の社会じゃ……。

葵海　社会のせいや政治のせいにしていない？

まずは、一人一人が望むことね。そして、それを伝えることね。

その先にきっと答えはあるわ。

統合意識に向かっているので、いずれその世界に入るのよ。

50年後に変わっているかどうか。

はたまた、１００年後でも変わっていないのか。

それは、時の権力者ではなく、今の地球の人々の集合意識によって決まるのよ。

政治の世界だって本当はいらない

歩 なるほど。仕事については良く分かったよ。葵海の世界では、仕事はなく、皆が誰かのために自分の時間を使っているんだね。

葵海 そうよ。他人に喜んでもらえると嬉しいじゃない。当然よね。お金じゃないのよ。

あなたの魂はそれを求めてこの世界にやってきているのよ。争うことや対立じゃないわ。

歩 では、政治は葵海の世界ではどうなっているの？

葵海 政治家という人たちがいないわ。

本来、政治家は国民の代表で選ばれるべきものよ。

しかし、今のあなたたちの世界の政治は、より力やお金を持っている権力者や利益団体が政治家を実質的に動かし、特定の利益団体に便宜が図れるようになっているわね。

それは本来の政治の役割から逸脱しているんじゃないかな。

そんなことでは国民は幸せにはなれない。

歩　そうなんだ。みんな政治が変わってくれることを期待しているのに、なかなか選挙では変えられない。若者が政治に無関心で、選挙に行かないからだね。

葵海　政治に興味がなく、選挙に行かないから？

まあ、それもあるかもしれないけれど、根本的にはそうじゃないわ。

歩　どういうこと？

葵海　歩にはまだ、「自分の世界は自分で創るもの」という考えが欠けているわね。「指示を待つ」という感覚が、骨の髄にまだ残っているのね。自立心が足りないのよね。

歩　だって、いくらデモ活動や署名活動をしても、政治の変化はなかなか訪れないよ。結局は選挙で変えてくれる人を選ぶしかないんじゃないかな？

まして、俺たちは法律一本さえ作れないんだ。

葵海　そんなことしたところで無理ね。

歩　それでも無理？

葵海　何年もそうやって、あなたたちはいたちごっこのやりとりを続けているのよ。それじゃ、いつまで経ったって変わらないわ。

歩　では、葵海の世界線では、政治システムの代わりはどうなっているのだい？

国民の集合意識を政治に反映する方法

葵海 政治という概念はなく、みんなで決めるのよ。政治なんて必要ないわ。政治において、国民の意見の最大公約数を反映させることは容易ではないわ。現行の政治システムがそうなっていないわ。

歩 どうしても、現行の政治では特定の利益団体の意向が優先される傾向にあるでしょ。

葵海 でも、正しい政治家が出てくれば変わるんじゃないかな？

歩 そう？ 同じことを繰り返すだけよ。そうやって何十年もやってきたのよ。

葵海 じゃあ、葵海はどうすれば良いと？

歩 国民がその都度、投票すればいいのよ。あなたの世界でも世論調査や電話調査というのがあるわね。

葵海 ああ。その調査がどこまで正確な調査かは不明だけど、毎週のようにマスコミが発表しているよ。

葵海 それをその都度やればいいだけじゃない。

歩 そんなの大変だし、正確じゃないし、そもそも誰が集計するの？ それに、分からないことだっていっぱいある。だから、政治家に任せるんじゃない？

葵海 そんなことないわ。すでに始まっているわよ。２０２１年から始まった、世界初のプロダンスリーグ「Ｄリーグ」では、観客や視聴者が直接スマホアプリを通じて投票し、審査結果に反映されるようになっているわよ。

・Ｄリーグ（D.LEAGUE）とは

２０２１年１月10日に開幕した日本発世界初のプロダンスリーグである。設立は２０２０年８月12日。審査方法が特徴的で、プロの審査員だけでなく、Ｄリーグ公式アプリの投票を通じて観客や視聴者が投票でき、その結果がオーディエンス票として審査員１人分としてカウントされる。視聴者の意見が審査に反映されるプロスポーツとしてはとても珍しい形をとっている。年に一度のサイファー・ラウンド（CYPHER ROUND）では、審査員は視聴者（オーディエンス）のみとなる。

歩 あー、知っているよ。視聴者が審査に参加できることで、より面白みが増すね。参加者も増えることでより客観性や公平性、透明性が生まれ、視聴者の審査する目も肥えてくると、最終的にはプロの審査員に頼らなくても済むかもしれないね。

葵海 そうよ。今後、このような取り組みは他のコンテストでもますます一般的になってくるのよ。ＡＩや量子コンピュータ、それからブロックチェーン技術が可能にしてくれるの。まず、ＡＩが量子コンピュータを使い、問題の最適解を提示してくれるわ。

歩 ＡＩが決めるの？

葵海 そうではなく、あくまで最適解をＡＩが提示するだけ。それに対し、国民がインターネット上で投票し、多数決で決めるのよ。大きな問題から小さな問題まで、その投票システムを利用して、すべての事柄に対して自分たちが多数決で決めるのよ。もちろん、投票率が１００％である必要はなく、たとえば25％以上の投票率があれば有効とするなど、ルールを決めればいいわね。

歩 考え方は人それぞれだから対立しないかな。

葵海 意見だって、双方から自由に出され、皆が自由に発信し、自由にその情報にアクセスできるようになるのよ。別に意見を述べるのは、政治家や言論人である必要もないの。一般の国民が意見を持って発言すればいいの。

その集合意識が反映されるシステムが作られるのよ。

その投票システムは、ブロックチェーン技術により、決して改ざんはできないようになっている。

そして、瞬時に、かつ、リアルタイムで投票結果は見られるようになっているわ。

何から何まですべて自分たちで決めるのよ。

そうやって自分たちが参加すれば、もう誰も他人のせいにできないわ。

「政治家が悪い」ということは言えなくなるのよ。

歩　そうだね。そうなると皆で決めたことだから誰も文句は言えないよね。

量子コンピュータはパラレルワールドを創る

歩　でも、世論を誘導する人たちが出てこないかな？
たとえば、有名人やマスコミや大企業が世論を誘導したりしない？

葵海　そのためにＡＩ（人工知能）があるのよ。
ＡＩは理由や理屈を含めて、丁寧に分かりやすく答えを導いてくれるわ。
複数の考え方を提示してくれる。
それを有名人やマスコミが否定したところで、その人がそう思っているだけでしょ。
言うとおりにする意味ってあるかしら？

歩　でもＡＩのプログラムを一部の人たちの都合のいいように書き換えたとしたら、
とても危険な世界になってしまわないかい？

葵海　そう。だからこそ、今の地球の人々の目覚めが重要なんじゃない！
世論をうまく誘導することだって可能だよね？
ＡＩが発達する前に目覚めは必須なのよ！

だから、シンギュラリティの前に目覚めのイベントが繰り返されているのよ。
目覚めない人たちは世界線が変わるって言ったでしょ。
真実から目を背ける人は、新しい世界に行けないのよ！
楽園のような三千世界は、真実と向き合える人でなければ成り立たないのよ。

歩　なるほど。ＡＩが発達するとそうなるのか。イメージが湧きにくいけど……。

葵海　もうすでにあなたたちの世界でも一部でそうなっているわ。

歩　え？

葵海　たとえば、プロの将棋対局では、ＡＩが瞬時にリアルタイムで最適解を出して、プロ棋士が解説しているじゃない。ＡＩの出した最適解を誰も疑ってなんかいないわ。

歩　たしかに、ＡＩが出した答えを最適解だと、多くの人が認識しているね。

葵海　将棋の世界では、もう人間はＡＩに勝てなくなっているわ。
人間だって、ＡＩには勝てないことを、おおむねみんな認めているわ。
少なくとも、将棋の世界ではそうなっている。

歩　そっか。それを政治や行政や司法の世界でも応用すればいいだけだね。
そうなると、判断を有する部分はすべてＡＩに委ねることになりかねないね。

葵海　だからこそ、一人一人が学ぶ必要があるのよ。

答えは必ずしも一つとは限らないわ。

たとえば、将棋の世界で「ここは角交換をすべき」とＡＩが判断したとして、それが仮に最適解だとしても、正しい答えがそれだけとは限らない。

別の選択をしたら、今度はその別の世界に進んでいくだけでしょ。

ＡＩはその都度、最適解を導いてくれるのよ。

すでにそのような世界は始まっているけど、今後ますますそうなっていくわ。

ＡＩ時代や量子コンピュータ時代に足を踏み入れるということは、そういうことよ。

歩　ＡＩ、量子コンピュータが人類社会を大きく変えていくんだね。

葵海　量子コンピュータというのは、０と１の重ね合わせの原理を利用しているから、並行宇宙、つまり、パラレルワールドの世界を前提にしているのよ。

歩　パラレルワールドの世界を前提？

葵海　量子コンピュータでは、量子の持つ特徴の一つである「状態の共存」を応用して、一つのものが同時に複数の場所に存在する、複数の状態を持ちうるという「重ね合わせの原理」を使って量子ビットを表現しているの。

また、「エンタングルメント」や「量子からみ」とも呼ばれる「量子もつれ」の特徴も利用しているわ。

つまり、量子もつれの状態にある二つの電子があるとき、一方の電子において右回りのスピンが観測された場合に、もう一方は左回りのスピンが確定するという特徴よ。

これにより、量子テレポーテーションや並行宇宙を量子コンピュータの世界では実現しているの。

だから、物質世界ではまだ実現できないけど、仮想現実世界では、パラレルワールドやテレポーテーションの世界が実現するのよ。

歩　んー、よく分からないけど、それが高速処理を実現しているんだね。

葵海　グーグルの量子コンピューター「シカモア」の演算能力は世界最速のスーパーコンピュータの15億倍以上の速さと言われているわ。

一京個を超える半導体素子を持つスパコンを桁違いのスピードで凌駕するのよ。

歩　それはすごい！　15億倍以上の速さなんて！

「ＡＩに仕事が奪われる！」の誤った考え方

歩 すると、ＡＩが発達するとますます人間の仕事は奪われていくのだろうね。

葵海 「ＡＩに奪われる！」という表現は正しくないわ。ＡＩをうまく活用すれば、人間はより楽になり、人手不足も解消し、過重労働や過労死もなくなっていくの。だから、「ＡＩに仕事を譲る」という表現になるわね。人間は、働き方がもっと重要な仕事にシフトしていくのよ。

歩 重要なことにシフトする？ ３Ｋと呼ばれる、「汚い、きつい、危険」な仕事はＡＩやロボットに代替されるのかな。

葵海 そうね。最近では、新３Ｋ「帰れない・厳しい・給与が安い」という言葉も出てきているわね。

歩 ３Ｋはブルーカラーに使われていたが、新３Ｋはホワイトカラーに使われているね。

葵海 他にも、雑用やマニュアル化された仕事、手間のかかる仕事、書類作成などは、どんどんＡＩやロボットがやるようになる。

だから、ある業界が丸ごとすべてＡＩやロボットに奪われることはないの。

歩 仕事はより一層、合理化かつ効率化していくのか。

葵海 そうよ。人間はもっと自由に創造性あふれる仕事に集中できるようになるわ。

そして、ワクワクすること、誰かのためになること、生まれてきた使命を実現することに注力していくことになるのよ。

使命とは、「命を使ってやりたいこと」でしょ。

つまり、「魂の計画」に沿った生き方になっていくのよ。

歩 使命は魂の計画か……。

自分の使命が何か分らない人たちも多いんじゃないかなあ。

葵海 そうね。だからこそ、生きる意味や生きる目的を考えることが、これからはより重要になっていくのよ。

歩 そういう教育はこれまで少なかったからね。

でも、「ＡＩが業界丸ごと仕事を奪う訳ではない」と言ってたけど、たとえば、どのような形にとって代わるのだろうか。

葵海 そうね。たとえば、ＡＩが将棋の手筈で最適解を出したからといって、プロの棋士がいなくなる訳ではないわね。

歩 まあ、たしかに。プロ棋士の職は奪われてはいないね。

葵海 プロ棋士はＡＩを利用して、人間にとって理解しやすい形で解説したり、YouTubeなどでＡＩの指し手などを丁寧に解説し、自ら学習したものを発信しているわ。これまで、将棋を学ぶ方法は、本を読むか将棋教室に通うなどに限られた訳だけど、今は多くのプロ棋士が直接YouTubeで動画を配信しているわね。

歩 たしかに、プロ棋士がYouTubeなどを使って積極的に発信しているね。無料でプロ棋士から教えてもらえるんだから、視聴者はとてもお得だよね。

葵海 そう。これにより、どんどん人類の学びが加速しているのよ。

歩 ＡＩ時代やＷｅｂ3.0社会は、人類の学習の仕方が大きく変わり、その世界の扉を開いたといえるんだね。

葵海 これからも人間とＡＩはうまく共存していけるわ。だから、心配いらないわよ。

「ＡＩが人類を滅ぼす」がありえない理由

歩　ではＡＩが暴走して、人類を滅ぼすという論調も行き過ぎているのかな。

葵海　誰もが最初はそういう心配をするのね。
ライト兄弟が、１９０３年に世界初の有人動力飛行機を発明する前、「人間が空を飛ぶなんて、なんて馬鹿げたことをするのか」と多くの人が心配し、嘲笑ったりしたわね。
今では飛行機に乗ることを止める人は誰もいない。

歩　人が空を飛ぶなんて、最初は勇気が必要だっただろうね。
わずか１２０年前のことだね。

葵海　今では、安全性がかなり確保できるようになったのよ。
同じように、１９８５年に電電公社が民営化しＮＴＴとなり、ショルダーフォンを開発したとき、「電話を携帯するなんて馬鹿げている」と誰もが皮肉ったわ。
今では携帯電話を持っていない人を探す方が大変よね。

歩　今や、発達途上国の国民だって携帯電話を使っているね。

葵海　このように、最初は誰もが様々なリスクを考えてしまうのよ。また、ネガティブな情報が世に出回りやすいものよ。そして、多くの失敗を繰り返しながら、より良いものができてくるの。

歩　ＡＩ社会の到来も同じなんだろうね。「ＡＩは世論誘導に使われるのではないか」とか、「ＡＩによって、考える力や記憶力が低下するのではないか」とか、「ＡＩが個人情報や国家の機密情報を収集した場合、悪用されるのではないか」とかいろいろ言われているけどどうなのかな？

葵海　それらの問題に対処するために、また別のＡＩが開発されるわ。様々な国際ルールも決められていくの。真実や正解を歪曲してしまうのであれば、一方で、それを防ぐためのＡＩが開発されるのよ。

歩　そのように、各社がしのぎを削って切磋琢磨し、より良いＡＩが開発されていくんだね。

葵海　たとえば、「宇宙の理を探求するＡＩ」、「この世の永遠不滅の真理を追い求めるＡＩ」、「生命、自然、万物の究極の答えを導き出すＡＩ」、「この世とあの世の真実を伝えるＡＩ」、「魂の存在や輪廻転生を証明するＡＩ」、「地球の未来を予測するＡＩ」、「国際的な統一のルールを提案するＡＩ」なども順次、開発されていくのよ。

歩　ＡＩの判断は、果たしてどこまで正しいと言えるのだろうか。

葵海　ＡＩは、人間では想像もつかないスピードで成長するわ。

最初はたしかにおかしな提案をすることもあるでしょう。

でも、それは人間が確認できることであれば、複数のチェック機能を使って審査されていき、さらには、次第に人間の能力を超えて提案をするようになるの。

量子コンピュータを搭載するＡＩももちろん出てくる。

歩　ＡＩが量子コンピュータを搭載したらどうなってしまうのかな。

量子コンピュータは、最速のスーパーコンピュータの15億倍以上の処理速度があるんでしょ。

葵海　現在でも、スーパーコンピュータだと１００００年かかる計算を、コンピューターなら四分で終わらせることができるわ。

ＡＩが量子コンピュータを搭載した時、ＡＩは人類の能力を超えるのよ！

ＡＩが人間の能力を超える時に起こること

歩　ＡＩが人類の能力を超える……。つまり、シンギュラリティだね。

葵海　そう。２０３０年前後がプレシンギュラリティで、２０４５年前後がシンギュラリティとなるわ。その時期に呼応するように地球の人々は覚醒を求められ、次元上昇できなければ、新しい地球には行けなくなるのよ。

それはもちろん、出身地や社会的地位、資産の有無なんて関係ないの。

歩　ＡＩがわたしたちに及ぼす影響はとても重大なんだね。

わたしたち人間としては、何か怖い出来事のような気がするのだが、一線を超えてはいけないラインを超えることになるのではないのだろうか。

葵海　あなたたちはいつも悲観的ね。

人間は欲望のまま、利己的な判断をすることも時にはあるわ。

しかし、ＡＩは自分の利害の為に判断はしないわ。指示には忠実に従うのよ。

そして、ＡＩとＡＩが、議論して、正解を導くようになり、それを人類が聴き、複数のチェック体制により、最終決定は国際会議で決定されるようになるのよ。国際会議といっても、あくまで最終判断は、世界中の人たちの意見の最大公約数になるのよ。さっき言った、量子投票システムね。

歩　決定はすべて、人間の多数決ってことかな。

葵海　もちろんよ！　人間とＡＩの主従関係は変わらないわ。人間がＡＩを利用するのよ。ＡＩの国際的ルールの中にも、そのことは明確に定められているわ。だから、ＡＩが人類を滅ぼすということはありえない。むしろ、人類破滅に導く国家間の戦争を止める働きだってしてくれるのよ。

歩　戦争を止めるための方法論をＡＩが提示してくれるの？

葵海　そう。同時に、ＡＩを利用して人間の学びはどんどん加速するのよ。学びの方法は、これまでの知識の詰込み型とはまるで違うわ。知識も手段も解決策もＡＩが提示してくれるようになるのだから、人間が持つべき知識は必要最低限で十分なのよ。知識より必要なのは、心の教育よ！

歩　心の教育？

葵海　そう。たとえば、倫理、道徳、モラル、道理、徳などを学ぶことが重要になるのよ。それは、もともと日本人が取り組んできたことでしょ。

だから、これからの教育でも日本が先導することになるのよ。

歩　なるほど。でも、ＡＩが国際的ルールに従い判断を下すと言ったけど、国家間で利害が対立し、結論がなかなか出ないということはないのかな？

人間が最終的な判断をするんでしょ？


葵海　そうね……。それも含めて、分離意識が強い人は新しい地球には行けないわ。

国家の役割はどんどん薄れていくのよ。国境が無くなっていくの。

人類の意識は分裂し過ぎているわ。その意識が統合に向かうのよ。

それは、国家間でも同じだわ。

国家同士で利害が対立して、どの国もいつも自分たちのことばかりね。

だから、貧困がなくならないし、植民地支配もなくならない。

形式的には植民地という形になっていなくても、実質的に植民地のようになっている国もあるわ。日本もある意味そうね。

歩　日本は第二次世界大戦の敗戦国だから……。

葵海　でも、これからは植民地支配も減っていくのよ。

アフリカ合衆国が統合世界のひな形になる

歩　植民地支配が減る？

それは、独立国家が増えていくということ？

それとも、統合される国家が増えていくってこと？


葵海　国家は分断と植民地の歴史を繰り返してきたのよ。

これからの地球は分断から、統合に向かうのよ。

たとえば、世界でも貧しい地域のアフリカ大陸は、資源は豊富であるがゆえに、産業革命後の工業化を進める欧州諸国にとって豊富な資源供給先となったわ。

18世紀後半から第一次世界大戦にかけて、ヨーロッパによるアフリカ植民地支配と分断が始まったの。１８８４年のベルリン会議でアフリカ植民地の獲得ルールが決まるとアフリカ分割は過熱していき、最終的にはたった二か国（エチオピアとリベリア）を残して、広いアフリカ大陸のすべてが植民地になったわ。

歩　アフリカのほとんどは欧州地域の植民地だったんだね。

葵海　植民地とした欧州国は、イギリス、フランス、ドイツ、イタリア、ベルギー、ポルトガル、スペインの7カ国ね。

アフリカ諸国は第二次世界大戦後に順次独立していくけど、ヨーロッパによる植民地化は現代のアフリカにも大きな影響を与えているのよ。

たとえば、アフリカの中心部に「コンゴ民主共和国」という国があるんだけど、世界有数の天然資源生産国にもかかわらず、国民の大半が貧困生活を送っている。

金、銅、ダイヤモンド、コバルト、タンタルなど世界中が欲しがる天然資源がたくさん眠っているの。

特に、電気自動車、携帯電話、ノートパソコンなどの製造に必要不可欠なコバルトは、２０２２年の世界の生産国ランキングで1位となり、世界の総供給量の実に73％を占めるわ。

歩　コンゴ民主共和国は、レアメタルのコバルトの生産が多いんだね。

葵海　しかし、国連開発計画が発表している人間開発指数では、コンゴ民主共和国は世界１９１カ国中１７９位であり、世界最貧国の一つなんだ。

・人間開発指数（ＨＤＩ）とは

国連開発計画（ＵＮＤＰ）が毎年発表している、その国の発展度合いを包括的に図る指標のこと。各国を人間開発の四段階に順位付けするために用いられる平均余命、教育、識字及び所得指数の複合統計である。

歩 でもなぜ、豊富な天然資源があるのに、国民の豊かな生活には結びついていないの？

葵海 一番の理由は紛争ね。

コンゴは欧米諸国の脱植民地化により、１９５９年に独立国家となったわ。しかし、独立直後に内戦が勃発し、全国土に及ぶ二度の内戦に直面し、現在も民族や社会階層の間に対立が残り、人々の和解や共生が難しい状況に置かれているのよ。その紛争は、ずっと起きている訳ではなく断続的に行われていて、なかなか終わらないことから、「低強度紛争」と呼ばれているわ。

歩 低強度紛争って、大規模な武力の使用が行われる通常戦争とは違い、武力が起こったり止まったりを断続的に繰り返す状態なんだね。

葵海 １９９８年からの20年間で犠牲になった国民の数は、推定６００万人以上にも及び、これは、第二次世界大戦以降に起きたあらゆる戦争の中で、最も多くの犠牲者が生まれた戦争と言われているわ。
　コンゴの紛争で亡くなる人は直接的な紛争が原因ではなく、間接的な原因、すなわち長引く紛争によって、食糧や医薬品などへのアクセスが制限され、疫病や治療可能な医療体制の不足が原因で亡くなっているのよ。
　天然資源が豊富な場所を武装勢力が占拠し、そこで現地の子どもたちが働かされているの。その利益の半分以上が武装勢力が略奪し、武力闘争の資金源にしているの。
歩　そうか。皮肉なことに、資源が豊富だからこそ、武力闘争の資金源となっているんだね。
葵海　そうね。でも、コンゴは、緑も豊かで食べ物も豊富なんだよね。たしか、コンゴは、２７００万人以上のコンゴ人のうち、実に3人に1人が深刻な飢餓状態なのよ。
　紛争で国内難民が多く、定住できないことなどから、農業が広がらないの。
歩　コンゴの人たちもかわいそうだね。
葵海　しかし、コンゴの国民は絶望しきっている訳ではないわ。貧困や紛争や疫病で大変な中でも明るく、歌や踊りをして、満面の笑顔で人生を楽しんでいる。
歩　そういう話を聞くと、俺たち日本人は、もっと今の幸せに着目すべきだね。
葵海　そうね。アフリカが一つになったとき、世界の平和は急速に進むのよ。

アフリカが、統合した世界のひな形になっていくのよ。アフリカには、現在54カ国があるけど、2050年前後にはそれが一つになり、アフリカ合衆国になっているわ。

歩 アメリカ合衆国じゃなくて、アフリカ合衆国⁉ それにしても、紛争ばかりしているアフリカが一つになるなんて、本当にできるのだろうか。

葵海 それはアフリカ国民の意識次第ね。内戦の原因は貧困以外にもいろいろあるわ。たとえば、アフリカは水問題からくる水紛争が有名ね。

歩 アフリカは砂漠地帯が多く、地下水が豊富でないため、井戸はあまり利用されていないんだよね。

葵海 農村地帯は水道施設などのインフラが整っていないので、水を汲みに行かなければならないんだけど、水汲みの担い手が子どもたちなの。車なんてないから、タンクを手で持ち、裸足で水汲み場まで行き、一日に何度も往復するのよ。水汲み場が遠い場合は、片道で三時間もかかる場合だってあるわ。

歩 水を汲むためだけに往復6時間もかけるなんて……。生命には水が欠かせないから、水の確保が一番大切だね。そういう地域の人たちが、健康に必要な最低限度の生活を得られることを願ってやまないね。

葵海 水確保のため戦争をすることも多いわ。ナイル川の水紛争が有名ね。ナイル川上流にある、アフリカ第二の人口を誇るエチオピアでは、世界最大規模の水力発電ダムを造っているんだけど、下流のスーダンとエジプトが猛反対しているわね。

歩 水利権といって、下流に一定以上の水を流すように国家間で調整し調停するのね。

葵海 アフリカが一つになればそういう問題も解消されるね。

歩 そうね。国同士の利害がなくなるからね。

一つにまとまることは、決して難しいことではないわ。

お互いが、考えの違いを認めることよ。

違いや個性を容認しなければ、アフリカ統一もできないことなのよ。

歩 利己的でなく、利他的な精神を持つことだね。

葵海 アフリカはもともと、多種多様な民族があり、言語も沢山あり混在しているのよ。インドだってそうでしょ。だから、他民族国家でも可能なのよ。

それから、インフラが整備され、貧困が解消されなきゃいけないわね。

歩 インフラ整備だって、ＯＤＡなどの発展途上国への支援だって、日本の得意な分野だね。

では、他にも国家間が統合していく国々もあるのかな？

葵海 アジアだって、南米だって、北米だって、ヨーロッパだって長い目で見ればそうなるのよ。

もちろん、人々の集合意識次第で時期は遅れることもあるわ。

歩 今はそういった流れの中にあるのかあ。

葵海 わたしの世界線では、もう世界は一つよ。

地球も宇宙から見たら、そこには国境なんて見えず、貧困も優劣もなく、ただ一つの存在なのよ。

歩 そうだね。宇宙からの視点を持つようにしたいね。

第三章　新しい時代を、君たちはどう生きるか

デジタルコイン「和」は愛（ＡＩ）の交換券

歩　ところで、葵海の世界線では、貨幣制度はどうなっているの？
葵海　お金なんて存在しないわ。少なくとも、今のお金の概念はないのよ。
歩　でも、疑問なんだけど、お金が無くなると、食べるものは物々交換するのかな。
物々交換をする場合、物を持ち運ぶのが大変だよね。
昔は、石や貝殻、米や絹などの繊維製品を通貨の代わりとして使用していた時代もあるけど、紙幣やコインに比べたら持ち運びがとても不便だよね。
葵海　そうね。食べ物は腐ることもあるからね。
歩　それに、お金は貯めることができるでしょ。
やっぱり、物々交換するためにお金はあったほうがいいんじゃないのかな？
葵海　だから、今の通貨の概念とはまったく異なるのだけど、デジタルコイン「和」というのが世界共通通貨になっていて、これは通称「愛の交換券」と呼ばれているのよ。
歩　デジタルコイン「和」が愛の交換券？
葵海　相手に恩を送ったときにもらえるもの。だから、「愛の交換券」なのよ。

恩の対価に見合う「感謝のコイン」みたいなものね。

そのコインが、デジタル上に貯まっていくシステムよ。

たとえば、駅からの移動に困っている人がいたとして、その人を車で目的地まで連れて行ったとき、それに見合ったデジタルコインが貯まる。

同じように、誰かに食べ物を食べさせてあげた場合、誰かに何かを教えてあげた場合、誰かの手伝いをした場合、それに見合ったデジタルコインが貯まるようになっているのよ。

もちろんその逆もあって、恩を受けた場合は自分がデジタルコインを支払うのよ。

歩　えっ。それは面白いシステムだね。
でも、どうやって見合った交換券の量を計るの？

葵海　適正な数値は、ＡＩが量子コンピュータを使って瞬時に割り出すのよ。

誰もそのことについて、文句は言わないわ。

相手に対する感謝の量が数値となって表れるから、皆が誰かのためになることをしようとするわ。その数を増やせば増やすほど、誰かの役になっていることが一目で分かるから、やりがいにもなるの。

歩　それはいいや！　一体、誰が考え出したんだい？

葵海　このシステムを考え出したのはＡＩロボットよ。

歩　ＡＩロボットが⁉

葵海 日本製のＡＩロボットだから、デジタルコイン「和（わ）」と名付けられて、世界共通通貨となっているのよ。
正確には、ＡＩが考え出したというか、アイディアを人間に伝えただけよ。
２０４５年頃、日本政府主導の会議で、「どのようにすれば、日本人同士がお互い助け合い、平和に暮らすことができるか」ということを量子コンピュータを搭載したＡＩロボットに訊ねたの。
歩 それにしても、壮大なテーマを訊いたね！
葵海 色々な提案がされたけど、その中でも、最も難しいように思えたこの提案を日本人は採用したのよ。
歩 日本人がみんなで決めたの？ その時の首相が決めたのではなく？
葵海 さっきも言ったけど、最終的にどの案を採用するかどうかは、政治家が決めるんじゃないのよ。自分たちのことでしょ。国民自身が決めるのよ。
国会でもなければ、国連のような国際機関でもないのよ。
国際機関だって中立や公平じゃないわ。分かるわよね？
歩 まあ、特定の利害関係者の意見が強く反映されるよね。
葵海 国連だって、一部の大金持ち支配者たちや一部の民間団体の資金が多く入っているわ。

そうすると、どうしてもお金持ちの人たちにとって、都合の良い結論になりがちなのよ。

歩 より大切なことは、国民みんなで決めることだよね。

それができれば理想だけど、無理でしょ？

そのために国際機関があるんじゃないの？

葵海 無理じゃないのよ。

そうやって、これまで「無理だ。無理だ」と言っているから実現しなかったのよ。

でも、ブロックチェーン技術と量子コンピュータが確立されてから可能になったのよ。

日本だけじゃないわ。世界の約80億人を超える人類の意見を瞬時に集約できる、不正のない量子システムが開発されるわ。

歩 なるほど。その超高速な量子システムにより、全世界の集合意識を決定するということだね。それにしても斬新なアイディアだよね。

葵海 まあね。コンピュータには常識というものがないもの。

わたしたち人間は、常識の枠に囚われ過ぎているのかもしれないわね。

本当は、戦争を終わらせることも、貧困を失くすことも、ゴミを減らし緑を増やすことも、疫病を減らすことも、寿命を伸ばすことも、何てことはない、わたしたちに実現可能なものとしてすぐ傍にあるのよ。

欲を減らして、自分勝手な考えを失くし、自愛と他愛の統合した意識を持ち、それを望めばいいの。

誰かのために、愛や恩を交換し合うだけでよいのよ。

助け合いの精神やお互い様の精神は日本人が得意じゃない！

デジタルコイン「和」は、ＡＩロボットの提案だから、ＡＩ（愛）の交換券って言い方もされているわ。

デジタルベーシックインカムの問題点

歩 へえ、素敵な言い方だね。でも、これまでの通貨とは何が違うのだろうか？
葵海 そうね。これまでのお金も、本来は感謝の対価として存在するはずだったわ。でもいつの間にか、お金の力が強くなり過ぎて、「お金を持っている人が偉い」という価値観に変わっていったわね。
お金では不公平感が拭えないのよ。
たとえば、貸方と借方で明らかな上下関係が生まれるわね。

歩 たしかに、お金を借りている方は、貸し手との関係で対等でなくなり、影響を受けるよね。

葵海 そして、通貨も各国中央銀行が自分たちの都合で発行するものだから、通貨の価値はどんどん下がり、それは物の価値が上がるというインフレを招く結果となった。

インフレは、通貨の信頼性の違いにより、各国バラバラね。

経済力や国力が小さい国ほど通貨は下落する。

通貨の信頼性が高い国は、需要が旺盛で通貨価値も下がらず、インフレ抑制が働くわね。

だから、発展途上国や植民地支配のされた国は、いつもインフレ被害を受けているのよ。

先進国は、自国通貨建ての国債を自由に発行でき、その無尽蔵に発行された通貨で経済政策を実施し、軍事費を増大し、時には、正義のために他国への侵略を進める。

小国は、自国通貨の信頼性が落ち、インフレに苦しむ。現代はその繰り返しね。

グローバル化はさらにその傾向に拍車をかけていたわ。

金本位制度を廃止して以降、米ドルの価値は実に80％以上も棄損しているのよ。

歩 米ドルは80％以上も棄損しているのか。あまり実感ないけどね。

葵海 基軸通貨だからね。

米ドルはペトロダラーと言われ、世界では原油決済を米ドルで行っていたわね。

それにより、常にどの国に行ってもドルが存在していることで価値の低下を実感しなくなったのよ。

それも2023年頃からBRICS諸国が台頭し、米ドル離れが徐々に起きたわ。

そして、BRICS諸国は、徐々に勢力を拡大し、世界の人口の過半数を獲得し、GDP比も貿易額も過半数を確保するようになった。BRICS諸国同士の売買は、米ドルを廃止し、自国通貨建てかBRICS通貨建てとした。

これにより、名実ともに米ドルは世界の主要通貨ではなくなったのよ。

歩　たしかに、これまでの資本主義経済は、米ドルの国際決済により、各国のパワーバランスが決まり、格差の広がる要因になっていたね。
これまでのようなお金の仕組みだと、価値が変わりインフレを招くし、各国間で不公平が生じるってことだね。

葵海　BRICS通貨は、その後デジタルマネー限定となり、ベーシックインカム（BI）として、国民に広く配布された。
富裕層には少なく、低所得者層には多く配布されたのよ。

・ベーシックインカム（BI）とは
最低限所得保障の一種で、政府がすべての国民に対して、決められた額を定期的に預金口座に支給するという政策のこと。

生活費を賄えるだけの一定額の金額を無条件で無期限に給付するため、経済格差を解消するための再配分策として期待されている。

低所得者層が一定の資産を形成することで経済活性化を促すことができる。


葵海 そのことで所得差が縮小し、経済的格差が是正され、不安感や喪失感、不平不満が減った。

そして、人々はお金の獲得競争を止めるようになり、お金に対する偏見な見方や、価値観も徐々に変わっていった。

お金による家族や人間関係の軋轢もなくなり、国際的な紛争も減ったのよ。


歩 それは良いことばかりだね。でも、ベーシックインカムだと、低所得者層の受給者たちは、政府が突然給付を打ち切る判断をしたとしてもなす術がなく、政府の判断に従うしかなくなるという恐れもあるね。

つまり、受給を受けるために出された政府の条件をすべて受け入れざるを得なくなる。

それにより、政府のコントロールを助長させてしまうという懸念もあるけど、大丈夫なの？

葵海 そうね。「お金には価値がない」と気づけば、そういうことにはなりづらいのよ。

貨幣制度が終わった先の世界

歩　その後は、ベーシックインカムはＢＲＩＣＳデジタル通貨で支払われているんだよね？

葵海　そうよ。今は期限はないけど、いずれは期限付き通貨となるのよ。使用期限が決まっているため、消費が一層喚起される。

歩　デジタルコイン「和」はどうやって流通したの？

葵海　日本が採用したデジタルベーシックインカムがデジタルコイン「和」だったのよ。それが２０６０年前後に全世界共通となったのよ。

ＢＲＩＣＳ通貨のデジタルベーシックインカムの最大の問題点は、働く意欲を低下させたことだったの。それによりサービスが低下し、消費も低下し、国力も低下するという悪循環に陥ったわ。

歩　なかなか一筋縄ではいかないね。元の通貨に戻す訳にもいかないしね。

葵海　デジタルコイン「和」は、これまでの通貨と違い、金利が付かないというのがポイントね。

歩 そうか。金利が付かないし、資産価値も上がらないから貯めることに意味がないのか。まして、期限が決められているなら、期限内で使い切るよね。

葵海 そうよ。誰もが、貯めることを意識していないわ。貯めないから、所有による差はないの。富裕層という概念がなくなったわ。そのうち、資産に差がなくなり、お金の力は衰えていったの。所有の概念も減っていき、皆が資源を大切にするので、インフレリスクも小さくなり、通貨価値は安定していったわ。

次第に人々は、自分の得意なことや自分の好きなことを活かして、いかにして他人を喜ばせたり幸せにしたりできるかを、考えるようになったわ。

誰かに恩を与えることに生きがいを感じるようになったのよ。

歩 へえー。

葵海 持っていても価値は増えないのよ。使った方が価値が広がっていくの。

歩 それならどんどん使っちゃうね！

葵海 人のために使い、人に恩を与える。

そのことで人脈が広がり、経験も増え、徳も積まれるのよ。

今のお金と違い、無くなったら、また誰かのためになることをすれば、すぐに見合ったコイン「和」が貯まるので、無くなることを恐れる人もいないのよ。

歩 なるほど！ それはたしかに。

ある意味、無限に創出できるね。

今の貨幣制度だと、「お金を多く持っている人が勝ち組」という認識がある。

お金を多くもらう方がうれしいし、給料をたくさんもらう人は評価も高い。

貯めれば価値も上がるから貯蓄に回し、いずれは税金として政府に戻る仕組みだね。

だけど、デジタルコイン「和」の場合は、人に与えることに生きがいやりがいを感じられるから、皆が誰かの役に立つことをしようと常に考えているのか。

その違いは大きいね。


葵海 そうよ。誰かのためになることだったら、小学生でもできるでしょ。

地球上の誰もが、自分の得意なことを何かしら持っているものよ。

そして、自分の得意なことで人を助けたり、励ましたり、手伝ったりしたいのよ。

人は、他人から感謝されること、それが人生で一番にうれしい時であり、愛情を感じるのよ。

歩 素敵だね。早くその時代が訪れるといいな。

葵海 あなたたちの世界線では、お金が無くなる時代は随分と先になりそうね。

まだ集合意識が追い付ていないわ。

でも、望む人が増えればその時期も早まるのよ！

新しい時代を、君たちはどう生きるか

歩　たしかに、デジタルコイン「和」の世界で生きていければ最高だろうね。

今の時代は、会社や学校や家庭で、自分の得意や不得意、好き嫌いに関わらず、みんな同じようなことをやらされている。

たとえばサラリーマンは、理不尽でやりたくも無いことでもやらなければいけないし、上司や取引先からは酷い言葉や嫌味を言われ、辛くても我慢しているね。

同期や同僚といつも比べられ、結果を残すために夜遅くまで仕事を頑張り、やっと帰ったと思ったら、家族に遅いと言われたり……。

これじゃあ、みんな生きることも嫌になるよね。

日本人の幸福感は、ＯＥＣＤの中でも最低だよね。

若者の自殺率だって、年々増加し、先進国でもトップレベルだ。

葵海　そうね。あなたたちの時代は、みんな生きることに疲れているわね。

でも、希望を持って！　これからは疲弊し、消耗する時代は終わるのよ。

「新しい時代を、君たちはどう生きるか」

一人一人に試されているのだから、考えていく必要があるのよ。人生におけるとても大切なことなのに、考える時間も余裕も与えられてこなかったわね。

歩　そうなんだよ……。

たしかに、日本など先進国なのに、幸福度が低い国がある。日本は物があふれているはずなのに、原価を安くするために質は低下している。昔より情報が増えているはずなのに、報道の自由度が減り、多種多様な情報を選べていない。

より高度な科学技術が進展し、文明が発達しているはずなのに、日本人はより忙しくなっている。

そして、民主主義で自由意志が行使できるはずなのに、自由な人生を選ばない人も多い。「果たして俺は、こんな人生を生きたかったのかなあ?」って考える人も多い。生きることに疲れちゃう人もいるね。

なぜなんだろ……。

葵海　疲れている人は、きっと、憑（つ）かれているのね。

歩　憑かれている?

葵海　そうよ。異次元界の低俗な靈に憑かれている人は、波動が下がり、ネガティブ思考になり、生きることが辛くなる。

そいう時は、塩で清めたり、日光を浴びたり、運動したり、自分の好きなことを始めるといいわ。そうすると、悩みなんてなくなるわ。

低俗な憑依靈は、波動が合わないと自ら出ていくからね。

歩　自分の好きなことをやるのもいいんだね。

葵海　そう。本当の正解はもう自分の心の中にあるのよ。魂の望むことをやればいいの。悪靈か何かに憑かれていて、魂からの声が聞こえないのね。

そして、志や信念を持つことよ。あなたたちの生きる意味や生きる目的を見つけて！

それが魂の声であり、魂の望む道よ。

歩　魂の望む道……。

葵海　簡単だわ。自分の本心や良心に従えばいいのよ。

あなたの本心が、あなたの魂の声なのよ。

ただし、エゴじゃなくてね。

エゴと本心や良心を勘違いする人がいるから気を付けてね。

エゴはあなたの魂の望みに目を向けさせないようにするモンスターのような存在ね。

歩　欲望のままではダメだってこと？　その判断が難しいね。

葵海　エゴじゃなくて、魂の声よ。そうすれば自ずと正しい道へ導かれるのよ。

歩　そういうもんなのかなあ……。

すべての存在は繋がり合って、相互に影響を及ぼしている

歩 なぜ、魂の声に従うと導かれる人生を送れるのだろうか。

葵海 それはね、人類の潜在意識は根底で繋がっているからよ。それを根源意識とも言うわ。

歩 人類の潜在意識は根底で繋がっているってよく言うよね。

葵海 人類だけではなく、動物や植物だってそうよ。それから、微生物や異次元の存在たちだってそうよ。さらに言えば、過去の出来事や未来の出来事もそうなのよ。

歩 未来の出来事も繋がっている？ 何言っているか分からない。

葵海 そうよね。意味が分からないわよね。簡単に言うと、潜在意識は膨大で消えることはないわ。まるで滝のように、留まることなく無限に流れているエネルギーがあるわ。その世界には時間もなければ、空間もない。さらに遥か先、深層部では皆が一つで繋がっているのよ。この世の万物は、もともとはすべて一つの存在なのよ。

つまり、根底意識はワンネス（Oneness）なのよ。

ワンネスは、ユニバーサル・コネクション（Universal Connection）とも言うわね。

つまり、すべての存在がつながっており、相互に影響を与え合うのよ。分かる？

歩 いやあ、スピリチュアルについては、まだ知識がなくて……。

葵海 歩たちの時代は物質主義に偏り過ぎて、精神主義、スピリチュアリティの意識がまだ開花していないわね。その意識が分離意識なの。

物質主義は、科学技術を急速に発達させた一方で、「自分さえ良ければいい」という我良しの世界を加速させたわ。

分離意識が強いと、大宇宙からのエネルギーが放射されづらいのよ。

大宇宙からのエネルギーは、根源意識そのものよ。

外側の情報が気になったり、目に見えるところばかりに注目したり、肉体や容姿に拘ったり、物やお金に執着ばかりしていると分離意識が強まるのよ。

分離意識から統合意識に向かうことで、自己実現が加速する

葵海　でも、それでいいのよ。

歩を含め今の地球人は、分離意識を一度体験したくて、この12960年間に何度も生まれ変わっているの。

分離意識を知らないと、統合意識や根源意識の重要性が分かりづらいでしょ。

そうすることで、心から他者を許し、愛することができるようになるのよ。

あなたたちは、本当の愛を知るために、分離を体験して来たのよ。二極は本当は表裏一体だという関係を知ったからこそ、統合したあとの調和の世界がうまくいくのよ。

歩　カタカムナ文字でも、この世界は物質と精神が一体になってできているって話だったね。

葵海　そうよ。まぶしすぎる世界では何も見えないものよ。

黒い部分があるから白い部分が理解できるのと同じ概念ね。

分離を経験し、成長したあなたたちが再び統合したとき、本当の意味で他人を慈しみ、自分を愛することができるようになるのよ。

歩　まあ、まだ分からないところもあるけど、統合意識が強まるとなぜ、自己実現がうまくいくんだい？

葵海　色々な人々との繋がりが強まるからよ。繋がりが強まることで、シンクロニシティ（共時性）が起こりやすくなるわ。心理学者のカール・グスタフ・ユングは、これを「意味ある偶然の一致」と言ったわ。

歩　へえー、意識が色々な人々と繋がるから自己実現が加速するのかぁ。まるで逆の考えを持っていたよ！　自分が努力すればするほど、他者に勝てば勝つほど、自己実現できると思っていた。

葵海　これまでの競争社会で、ずっとそう教え込まれてきたのね。これからは分離から統合の時代に入ったのだから、他社と競争すればするほど、自己実現や幸せの感覚から遠ざかるのよ。

歩　へー、そんなものなのかなあ。人類の魂はもともとは一つ。根底で繋がっている。自分も他者も区別はない。分離意識から統合意識が強まることでシンクロニシティが起きやすくなり、自己実現が自然と導かれるのかあ。

葵海　そのうち分かるわ。それが集合的無意識よ。他にも不思議な出来事が起こりやすくなるわ。

だから、溢れるエネルギーでどんどん導かれるのよ。
科学的にはまだ証明されていないことだから説明も難しいわね。
だからこそ考えるんじゃないの、感じるのよ。わたしたちは繋がっているのよ。
潜在意識は、深層部において集合的無意識で繋がっているの。
だから、考えてはダメなの、右脳や直感（第六感）で感じることよ。

歩　ワンネスを理解することで、人々の幸福感や自己肯定感は高まり、みんな満足感や充足感で満たされるんだね。

愛の伝播が地球を救う

歩　ところで、先ほどのデジタルコイン「和」だけど、貯めても意味ないから、皆が無くなることに対して不安はないんだよね。

葵海　そうよ。恩送りは子どもでもできるわ。
みんな貯めることを意識せず、無くなることを心配することもないから、自分の好きなことに熱中できるのよ。

歩 貨幣制度が変わるだけで、この世界はものすごく平和で愛と調和に満ち溢れた世界になるんだね。

葵海 恩が広がり、愛の周波数がどんどん世界に伝播し、広がっていくのよ。

歩 ２０００年のミミ・レダー監督『ペイフォワード（可能の王国）』という映画があって、それに近いね。

映画は、「中学一年生の社会科の授業で『この世界を変えられる方法はどんなことだろう』という課題が出された。主人公の中学一年生が出した答えは、『まず自分自身がある三人に対し親切な行為をする。その恩を受け取った三人は恩返しをするのではなく、別の三人に同じように親切な行為をする。そして、それを続けていく。そうすると世界は変わると思う』と答えた」という内容だったね。

歩 まさに、親切行為のねずみ講のようなものだね。

葵海 仮に、一日二人ずつだとしても、ある一人から始まった恩送りは、たった27日後には日本の人口を超える人が恩を受け、33日後には全世界のすべての人が恩を受けることになるのよ。

つまり、社会を変えるには、お金が必要だったり、社会的地位や権力がないとできないってことじゃないわ。

歩　なるほど。一人一人ができることをやればいいだけなんだね。その意識は他人に拡散し、伝播するんだね。

葵海　一日にたった二人に恩を送ればいいのよ。これが、「愛の伝播の法則」なのよ。

歩　たった33日で世界中が愛に満ちるってことなんだね。

葵海　そうよ。たった一人の意思と言葉と行動により、約一か月でこの地球の隅々まで愛が広がっていくのよ。これが愛の意識の力なのよ。

愛の意識は光速を超える

葵海　意識のスピードは光速を超えるのよ。

歩　それはどういうこと？

葵海　１９０７年にアルベルト・アインシュタインが、特殊相対性理論の中でＥ＝MC2という有名な公式を発表したわね。

この世で最も速い光速＝Ｃは一定であるがゆえに、エネルギーＥと質量Ｍの等価性を表しているんだけど、原子爆弾のウランの核分裂に利用されたの。
彼はのちに、強く後悔したわ。

歩　原子爆弾は、１９３８年にオットー・ハーンとフリッツ・シュトラスマンという二人のドイツ科学者によって発明されているね。

葵海　ええ。大量のウランを使うと、核分裂反応が連鎖的に起きるという「伝播の法則」を利用したの。つまり、一つのウラン原子が核分裂すると、それを引き金に次々と核分裂反応が誘発され、一気に大量の核分裂反応が起こるという現象よ。
いわば、悪魔の伝播ね。

歩　愛の伝播とは真逆だね。
そして、１９４１年にアメリカで原爆を開発するというマンハッタン計画が始まり、１９４５年8月の広島、長崎の悲劇に繋がった……。

葵海　アインシュタインは亡くなる前に、愛娘に対し『愛の爆弾』という手紙を送っているわ。

歩　愛の爆弾？

葵海　その手紙の中で、彼はこう言っている。
「わたしがこれから説明する内容は、社会が受け入れられるようになるまで、必要ならば何十年もの間、決してこの手紙を公開してはいけない。

科学ではまだ説明がつかない、極めて強力なエネルギーが実は存在する。

それは『愛』だ。あらゆるものを包括し、決定し、この宇宙で作用する様々な現象の奥に存在する力だ。最も強力で目に見えないエネルギーを彼らは見過ごしている。

『愛は光』でもある。愛を与え、受け取ることは、人々を目覚めさせる。

『愛は引力』である。なぜなら、愛によってわたしたちは他者に惹きつけられる。

だから、『愛は力』でもある。わたしたちの潜在的能力を何倍にもし、人類が持つ無計画さや自己中心さによって、人類が滅亡するのを止めてくれる。

愛はいずれその姿を現すだろう。愛には限界がない。

もしわたしたちが種として生き残りたいならば、もしわたしたちが人生に何か意味を見出すならば、もしわたしたちがこの世界とそこに住むすべてのものを救いたいと願うならば、答えは愛しかない。

わたしたちはまだ『愛の爆弾』というものを作り出せないだろう。

それはこの地球を荒廃させる嫌悪、自分本位、我欲を打ち砕くのに十分で強力な装置だ。

しかし、わたしたちそれぞれが自分の中に小さくても強力な愛の発生装置を持っている。

そして、そのエネルギーは解放されるのを待っている。

わたしたちがこの宇宙のエネルギーを与えたり受け取ったりするのを学ぶとき、あなたたちは『愛はすべてに打ち勝つ』ことを確信するだろう。

わたしはあなたを愛している。

あなたのお陰で、わたしは究極の答えを見つけることができた」

歩　アインシュタインも愛娘の存在によって、真実の愛を知ることができたんだね。

愛は光である……。ってことは！

葵海　そうよ。E＝MC2のC（光速）は「人類の愛の力」に置き換えることができるということよ。

つまり、愛という意識は、光速を超えることができるの。

この場合のMは、目覚めた人たちの数よ。世界の人類は、今や過去最大の80億人を超えている。この80億人の力により、愛の強力なエネルギーが伝播するのよ。

歩　そうだね。目覚め、真理に気付いた者たちによる一言一言が、そして、一歩一歩が、まるで湖面に投げた小石のように波紋となり、人々の心に愛が大きく広がっていくんだね。

葵海　わたしたちは、もともとは「神仏の分御魂（しんぶつのわけみたま）」であり、愛と光の存在よ。それを思い出すだけでいいのよ。

わたしたちは、愛と光を輝かせ、周りに拡散し、影響を与え、地球を愛と光で包み込む経験がしたかったの。

その統合の経験をするために、今この時期にこの世界にやってきたはずよ！

人生で貯めるものはお金か、思い出か

歩　愛の力によって地球や人類の存続が決まるんだろうね。

それを選べなければ、7回目の人類終焉を迎えてしまうと言うことだね。

葵海　8回目はないのよ。追い込まれなければ真の目覚めは起きないだろうね。

歩　うん。話を戻すけど、葵海の世界では、仕事というのはなく、みんなが誰かの役に立つことをずっと考えており、自発的に恩を繰り返しているんだね。

それは、ボランティアではなく、やりがいや生きがいなんだね。

そして、意識は分離から統合に進んでいるからこそ、他者と自分を区別しない。

だから、過度に争う概念が生まれない。

お金というものは存在しない代わりに、「愛の交換券」であるデジタル数値で示される「和」の通貨を人々は利用し、人々は貯めることより、恩を与えること（使うこと）に意識を払っているんだね。

葵海　そうよ。「お金は死後に持っていけない」って言ったけど、この「愛の交換券」(デジタル通貨「和」）は死後に持っていけるのよ！

歩 えっ！ それはどういうことだい。
葵海 積み重ねた「愛の恩」は魂の記憶に記録されるのよ。
歩 「愛の恩」は魂の記憶に記録される？
葵海 つまり、そのまま魂の進化向上に繋がっているのよ。
歩 すごいなあ。ってことは、来世にもその交換券は引き継がれるってこと？
葵海 そうね。貯めた量が引き継がれるのではなく、恩を与えた経験が引き継がれるのよ。恩を与えた経験の量は、未来永劫減ることはないわ。
恩を受ける者も助かり、喜ぶけど、それ以上に恩を与えた者は、「愛の交換券」が増え、愛の経験値もそれに比例して増え続ける。
したがって、恩の広がりは速いスピードで広がるのよ。
歩 そっかあ。両者が喜ぶ仕組みなんだね。
そりゃあ、地球上の隅々までに愛が伝播する訳だ。
アルベルト・アインシュタインが手紙の中で述べていたことは、こういうことだったのかもしれない。
葵海 たしかに、先行きが不透明で、将来の予測が困難な時代を生き抜いていくためには、お金は必要不可欠よね。
でも、使わないのに持っている必要はないわ。

日本人は特に多いけど、貯めておいて使わずに亡くなる人が多いわ。

いくら貯めても、あの世には1円も持っていくことはできないのよ。

貯めた額が多いからと言って、あの世で評価される訳じゃないの。

あの世ではあなたの地位や名誉やお金の量はまったく評価にならないのよ。

だけどね、経験や周りから慕われた人数などは評価されるのよ。

みんなが「あの人みたいな人生を経験したい」と言ってね！

魂が、自分の来世を計画する際に参考にするのよ。

つまり、今のあなたの人生の生きる意味は、たくさんの経験をし、たくさんの失敗や成功をし、たくさんの人に感謝されることね！

その思い出の数々は、死んでも決して消えないものなのよ‼


歩　なるほど。結局、いくらお金を稼いだとしても、人生の最後に残るのは思い出なんだね。

その経験の豊かさが、どれだけ充実した人生を送ったかを計る物差しになるんだね。

だからこそ、この人生でどんな経験をしたいのかを真剣に考え、それを実現させるために計画を立てるべきだね。

そうしなければ、社会が敷いたレールの上をただ進むだけのもったいない人生になってしまうね！

葵海　そうね。人生最後の日に、どれだけ満足のいく経験に満ちた人生を送れたかでその人の人生の豊かさが決まるのよ。

死ぬことは終わりではなく始まり

歩　そうだね。ということは、やっぱり来世は存在し、輪廻転生は本当にあるんだね。

葵海　わたしの世界線では、輪廻転生が事実であることをＡＩが科学的に証明しているわ。

歩　輪廻転生が科学的に証明される？

葵海　すると、死への恐れもこれまでよりは減っていくのよ。死を軽んじているということではなく、死を特別視していなければ、怖がるものでもない、ということが理屈として分かっているのよ。魂は死なず、人生は永遠に続くのよ。

歩　魂は永遠に続くとすると、死ぬことは終わりじゃないんだね。

葵海 死ぬことは、終わりじゃなくて、始まりなのよ。

あの世とこの世は、コインの表と裏のようなものね。

回転ドアみたいなもので、行ったり来たりしているのよ。

魂があなたの本質なんだから、あっちの世界が表で、こっちの世界は裏の世界なのよ。

誕生日の「誕」という字は、「生まれる」って意味の他に、「欺く」とか「偽り」とか「でたらめ」って意味があるでしょ。

歩 そっか！ なぜ「誕」が欺く、偽り、でたらめ、って意味なのかと思っていたけど、それはこちらの世界が表の世界ではなく、裏の世界であるからなんだ！
魂が自分の本質であるなら、たしかに魂の世界が表の世界なのかもしれない。

葵海 そうよ。こちらの世界は「マトリックス」すなわち、幻想のようなものよ。

こちらの世界は、「潜在意識や魂の投影」なのよ。

だから、この世を卒業したら、もう一度本当の世界である「あの世」に行くのよ。

つまり、死は終わりではなく、始まりを意味するのよ。

魂はこの世でしか成長できない

歩 でも、魂はなぜ輪廻転生し、あの世とこの世を行き来しているんだい？

葵海 魂が輪廻転生する目的は、魂の進化と成長のためよ。

歩 魂の進化と成長のため？
あの世にずっといるだけでは、魂は成長しないってこと？

葵海 ええ、魂はあの世では成長しないのよ。まあ、正確に言えば成長がしづらいの。

なぜなら、あの世では波動の似たもの同士が集まるからよ。

そして、時間というものが存在しないからよ。

この世は、異なる波動が混在しているわね。

能力の差も年齢の差も身体能力の差もあるわね。波長が合わない人もいる。

歩 あの世では似た者同士しか集まらないってこと？

葵海 そうよ。あの世では苦労や争いがないから、楽できる代わりに、進歩も遅いの。

現次元世界でいろんな経験を積むことによって、魂の進化と成長を図るのよ。

否定的な経験や邪悪な出来事にさらされたり、試練を与えられ、苦労し、人間関係の困難などを経験することによって、魂はより効率的に、より速く、より大きく成長し、進化することができるのよ。

歩 この世で思い通りにいかないことは、当たり前なんだね。

葵海 「一切皆苦（いっさいかいく）」と言って、人生は思い通りにはならないのよ。なぜなら、この世は「諸行無常（しょぎょうむじょう）」であり、あらゆるものは一定でなく、絶えず変化し、移り変わり、同じ状態ではないからよ。

それにも関らず、わたしたちはお金や物、地位や名誉、人間関係や自分の肉体に至るまで、様々なことを「変わらない」と思い込み、このままであってほしいと願うわ。それが、「執着」へとつながり、苦しみに囚われるのよ。

そして、この世は「諸法無我（しょほうむが）」であり、すべては繋がりの中で変化し、互いに影響を及ぼしあい、因果関係で成り立っているのよ。

他と関係なしに独立して存在するものなんてないわ。

あなたの地位も自然環境も皆、絶妙なバランスの上に成り立っているのよ。

歩 つまり、自分という存在すら主体的な自己として存在するものではなく、互いの関係の中で生かされているということだね。

葵海 お釈迦さまは、「自分の前世や死んだ後に生まれる来世を知りたければどうすればいいか」ということを訊かれ、このように答えたわ。

「過去の因を知らんと欲すれば現在の果を見よ。未来の果を知らんと欲すれば現在の因を見よ」

つまり、来世は今のあなたの選択で決まるのよ！

歩　うん、分かった。今の選択が次の結果を生むんだね。

そして、魂は今生きているうちに磨くしかないんだね。

そういえば、火星から来た老人も言っていたよ。「この地球は、まるで『魂の教室』のようなものだ！」ってね。

あなたが見ている世界は潜在意識の投影

葵海　こちらの世界は、あなたの思考を現実の世界に投影したものなのよ。

歩　哲学や心理学でいうところの「形而上学」だね。

現実世界は心の投影ってのも、いまいち良く分からないんだよな。

・形而上とは
「空間・時間に制約された現象世界において感性・知覚(感覚)で認識することができる物理的なもの」や「物理的な形を持っているもの」を意味する概念のこと。
・形而下とは
「目・耳・鼻・体(皮膚)・舌などでその存在や性質を知覚することが可能なモノ全般、物理的なもの全般」を意味する概念のこと。
どちらも古代中国の「易経」に由来する

葵海　そうね。目で見たり耳で聴いたりすることができない非物質的で観念的なもの。そして、形がないもの、たとえば、正義・愛・永遠・公平・平等などの概念が「形而上」ね。「而(じ)」は「しこうして」とも読めて、これは、「とってかわる」とか「さらに一歩前に進める」という意味があるわ。
つまり、形而上は、「形あるものの上に存在するもの」とも言えるわね。

歩　なるほど。だから、非物質的なもの(形而上)が、物質的なもの(形而下)に現象として表されていると言えるのか。
そういえば、カタカムナ文字で言っていた、潜象世界と現象世界の二つでできていると言っていたことと同じだね。

葵海 そして、この世界は必ず原因があって、それに応じて結果が生じているわ。原因と結果は必ず一対一で結びついており、原因が存在しない状況で結果が生まれることはあり得ないの。
たとえば、同僚のAさんが、自分より先に昇進をしたとする。
その際、そのAさんに対し「あいつはズルい」とか「なんであいつが先なんだ」という感情は、自分の思考を相手に投影している可能性があるのよ。
この場合、「昇進できない自分が許せない」とか「昇進してまで自分のアイデンティティを追求するのは悪いことだ」といった思考がAさんに投影されているのかもしれない。

歩 では、「あの人は頭がいいから事業が成功しているんだ」という感情はどうなんだろう？

葵海 「頭が悪い自分が許せない」とか「事業で成功できない自分が許せない」と言う潜在意識から湧き上がる感情なの。
同じように「政府は国民のための政治をしていない！」と主張する人がいる場合には、「政治家になれなかった自分が許せない」とか「自分の生活が改善されないことに不満がある自分が許せない」という感情が先にあり、それを外部の誰かに投影しているから、政治家に対して怒りをぶつけているのよ。

歩 なるほど。自分に対する罪悪感や嫌悪感を外にぶつけているのか。

葵海 人は見たくない自我を隠そうとするの。
その抑圧された自我は、自分の無意識層に押し込めるのよ。
しかし、潜在意識は、自分の顕在意識に現実として表現しようとするわ。
つまり、見ている外側の情報は、あなたの潜在意識から創り出されたものなのよ。
自分の心が相手に投影しているので、自分が見ている像は自分の姿を映し出した鏡の
自分と言えるのよ。だから、その鏡の像を責めても一向に解決はできないのよ。

歩 なるほどね。どうすれば良いのだろう。

葵海 解決するには、あなたの罪悪感を消さなければいけないの。
罪悪感を消すためには、相手を許すということが重要ね。

歩 相手を許す？

葵海 相手を許すことで、自分を許すことになるのよ。
そうすれば、投影している世界（相手）は消えるのよ。
あなたの世界では存在しなくなるのよ。

歩 気にしなくなれば、自分の世界からいなくなるんだね。
よくある「引き寄せの法則」で、「思考を強く願うと、想いが実現しやすくなる」とい
ったこととも関係があるのかな？

葵海 そうね。自我を手放すことも大切ね。その先に自分の使命が現実化していくのよ。

犯罪者は、誰もが捕まる時代

歩　ところでさっき、与えた恩は来世に引き継がれると言っていたことだけど、悪い出来事も引き継がれるのかな？

葵海　与えた恩が引き継がれるのと同じように、蒔いた業、すなわち、カルマも引き継がれるのよ。

歩　カルマも引き継がれる？　それは人に苦しみを与えた場合、引き継がれるという意味？

葵海　そうね。人に与えたカルマはいずれ自分の身に跳ね返ってくるのよ。そして、このカルマの法則が存在することも、ＡＩによって科学的に証明されるのよ。

歩　そうか。それが科学的に証明されたら、誰も悪事に加担しなくなるだろうね。

葵海　自分で蒔いた種は自分で刈り取らなければいけないのよ。この世は「因縁果」によってできているのだから当然よ。刈り取らなくて良い原因なんて存在しないの。「誰かにバレなければ良い」という考え自体が誤りだわ。

歩 必然と自分の内観に目が向けられるようになるんだね。

葵海 最も、そのうち監視カメラの台数が増え、犯罪者は誰もが捕まる時代が来るわ。

歩 犯罪者は、誰もが捕まる時代？

葵海 ええ。あなたたちの世界でもこれから10年くらいで、世界の人口の数を超える規模の監視カメラが地球上で設置されることになるわ。
そして、そのカメラの解析を量子コンピュータが瞬時に行い、犯人を特定する。
また、人工知能が犯人の行動も予測し、事前に犯罪を抑えることもできるようになるわ。

歩 そうすると犯罪者はいなくなるの？

葵海 犯罪はかなり減ることになるわ。でも、残念ながらゼロにはならないわね。
そう単純でもないわ。人間は、感情や欲という煩悩に駆られ、罪を犯す人もやっぱりいる。だからこそ、精神的な安定をどうやって保つかというところに焦点がいくのよ。

歩 誰もが捕まることを前提に犯罪なんか起こさないもんね。

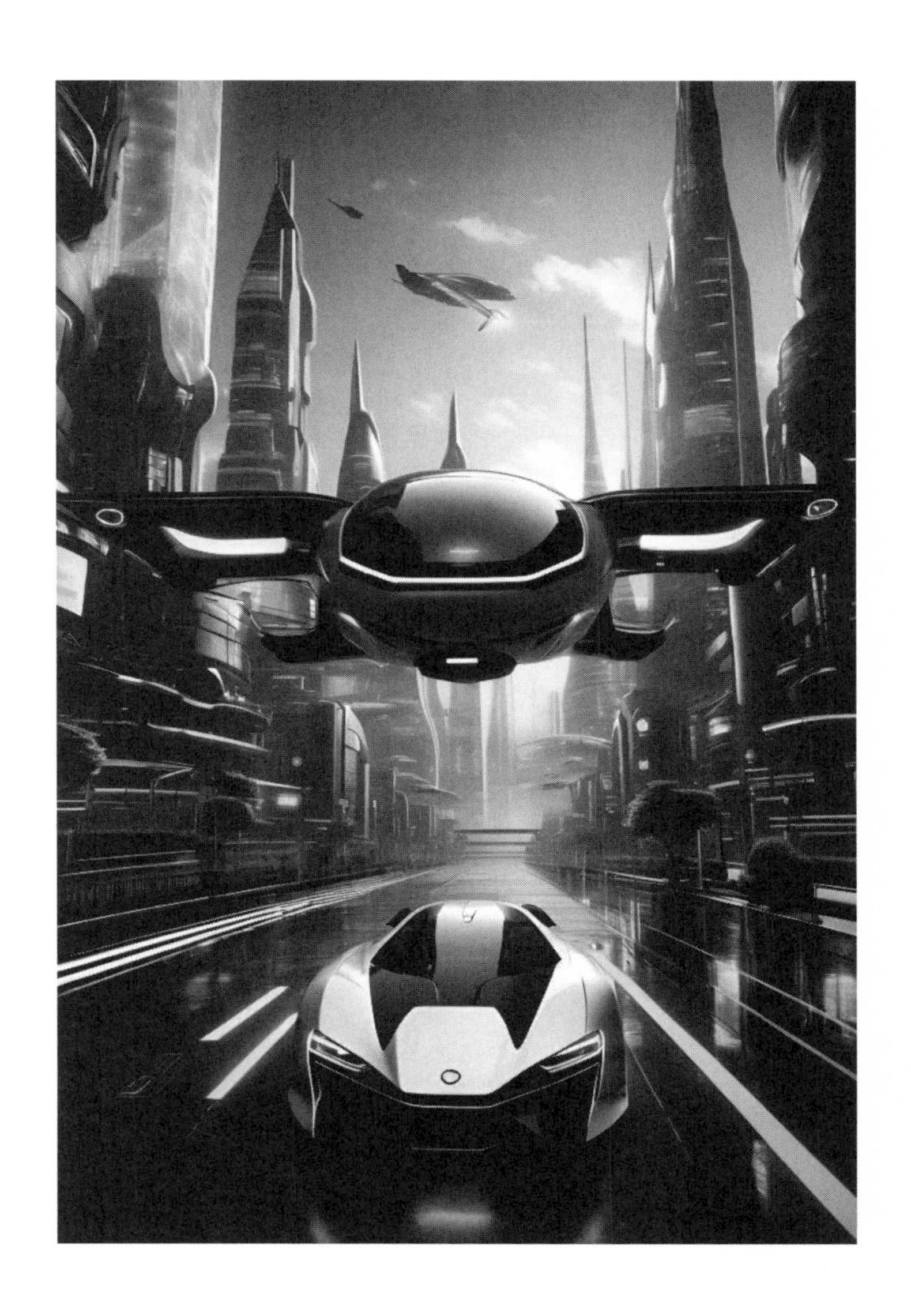

あなたが幸福を感じるとき

歩　ところで、所有や競争という概念がない場合、幸福ってどういう時に感じるのかな？

葵海　まず、幸福と成功は似て非なるものだわ。

成功とは、ある目標を立て、達成した時に得られるものよ。

しかし、その目標達成による達成感や充実感はそう長続きするものではないの。

達成感や充実感が幸福を与える訳ではないわ。

歩　成功は幸福にはならない？
でも、達成感や充実感も幸福といえる場合はあるのではないかな？

葵海　仮に成功しなければ幸福を味わえないと言うのであれば、目標を達成できなければ、幸福を味わえなくなるわ。

たしかに、成功したことで幸福に感じることもあるわ。でも、同じ成功をしても幸福を感じない人もいるし、達成できなくても幸福に感じる人はいるわ。

つまり、成功と幸福は同じではないの。

人は何かを経験したからといって幸福になる訳ではないの。同じように、何かを経験したからといって不幸になる訳でもないの。

歩　えっ。経験や体験から幸福や不幸は感じないと？　それは違うのではないか。自分の好きな趣味をしている時は、満足感や幸福感を感じているはずだよ。

葵海　幸福というものは、もっと簡単に手に入れることができるのよ。あなたが欲しければ、今すぐにでも幸福は手に入れられるものよ。幸福とは、今すでに存在しているものであって、「なる」ものではなく、すでに「ある」ものなの。

歩　幸福とは、今すでに存在しているものか……。

成功は蜃気楼。達成感はすぐに不足感に代わる

葵海　今すでに存在している幸福に、あなたが気付くかどうかなのよ。成功とは蜃気楼のようなものなの。目標を達成しても、また別の目標を定めることになるわ。

成功の達成感はすぐに不足感に変わるの。

歩　成功は蜃気楼か……。

葵海　幸福感はあなたが求めればすぐ手に入るし、消えてなくなることもないものそのことに思い至れば、恐れることも失うこともなく、ずっと充足感でいられることのよ。

歩　そう言われると、夢や目標を持ってはいけないと言われている感じがするなあ。

葵海　そうは言っていないわ。夢や目標を持つことはあなたに活力を与え、あなたを成長させるという側面もあるでしょう。

一方で、人が苦しむのは執着心を手放せないからとも言えるわね。

室町時代の初期に生きた夢窓疎石（むそうそせき）は、「我を悩ますものは外境（げきょう）にあらず。ひとえに、これ自身のとがりなり」と言ったわ。

外境とは外部の世界のことで、外境そのものが人間をどうしてやろうといった感情はない。悩みや迷いを起こす感情は、ひとえに自分の心の中にあり、己の心によるものだ。だから、そこから速やかに離れることが、安心の境地になるという教えよ。

歩　成功や充足感は求めれば求めるほど、追いかけられるんだね。

葵海　そうよ。欲望には限界がないの。

一つの欲望を満たせば、必ず次の欲望がわいてくる。

お金持ちになって幸福になれば、苦しみなどなくなる。

もし、苦しみがまた生まれたとしてもお金で解決できるはず。

そう思ったとしても、そのこと自体があなたを苦しめる。

歩 なるほど。満足感は長続きしないってことだね。

葵海 そして、成功とは、必ず比較対象があるもの。

比較は不幸の始まりよ。

しかし、幸福とは、あなたの内側にすでにあるものよ。

あなたが求めるかどうかに関わらず、そこに現れるもの。

幸福感で満たされるのは難しくもなく、時間がかかるものでもなく、消えてなくなるものでもないのよ。

幸福は今ここにしかない、魂は今ここにしかいない

歩 なんとなく理解できたよ。

でも、将来を不安になる気持ちって誰しもが持っているのではないかな。

葵海 まず、幸福は社会の中にある訳ではないわ。

これからの社会がどうなろうと、その中に幸福が存在する訳ではないの。

歩 いやいや。それは違うでしょ。

たとえば、経済が成長して、お金に困らなければ、幸福は得られるんじゃないのかな。

葵海 そうじゃないのよ。それが得られても、また別の不足したものが欲しくなるの。

そのせいでまた不足感にかられるのよ。だから、将来の不安も不要なのよ。

過去を後悔せず、未来を心配せず、今を生きることよ。

わたしたちの目の前には、今しか存在しないのよ。

過去も未来も、今の連続でしかないわ。

本当は、過去も存在しなければ、未来も存在しないの。

過去は過ぎ去った今だし、未来はこれからの今なの。

わたしたちは常に、今この瞬間を生きることしかできないのよ。

禅語には、「日日是好日（にちにちこれこうじつ）」という言葉があるけど、これは「どう思うか次第で、一日がそれぞれ自分にとって良い日になる」という意味よ。

そのことが分かると波動は軽くなるわ。

そして、未来の大人たち皆、今を生きるようになるから、まるで子どものように毎日を楽しんで生きられるようになるのよ！

歩 不安を手放すと毎日が幸福なんだね。

葵海 多元宇宙論でも、過去、現在、未来は同時に存在することを示しているわ。

歩 過去も現在も未来も同時に存在する？ それはどういうことだい。

葵海 「今」に時空のすべてが凝縮されているの。

過去と未来は、「今」に統合・吸収されて消滅するの。

だからこそ、過去の悔恨も、未来への不安も手放して、真の自己を生きるべきなの。

歩 過去と未来は、今に統合・吸収されて消滅する？

葵海 ええ。過去も未来も、作っているのはあなたの意識よ！

今においてでしか、本来の自分と繋がることはできないのよ。

あなたの本質は魂の存在であり、身体は借り物であり、乗り物でしょ。

その本質の魂がいるのは「今ここだけ」なのよ。

歩　魂は今ここにしかいない……。
葵海　過去や未来を棚上げにして、今日という日を、今日という日のためだけに生きて欲しいわ。
幸福は今にしかないの。だから、今を大切にして！
歩　幸福は今にしかない……。
葵海　幸福とは、過程ではなく、今という存在の中にだけあるものなの。
歩　成功は過程の中にあり、幸福は今という存在の中だけにある……。
葵海　別に、お金も地位も名誉も成功も達成も目指してはいけないとは言っていないの。
でも、あなたの魂はそれを求めてはいないわ。

死後に持っていけるものと持っていけないもの

歩　俺の魂は成功を求めていない？
葵海　正確に言えば、成功というものに囚われていない。

あの世の世界では成功なんてないの。
あの世の世界は、こちらの世界のように、善と悪という二元論に支配されていないの。魂の世界では成功というのはなく、こちらの三次元社会で個人個人が定義づけしているものよ。

歩 世間体も魂の世界では判断しないということだよね。

葵海 そうよ。そして、それらの獲得した世間体は、死後に持っていくことはできないわ。

歩 まあ、そうだよね。

葵海 死後に持っていけるものの一つ目は経験ね。
良い経験も悪い経験もすべて隠すことなく、死後に持っていくことになるわ。
そして、二つ目は、与えた恩は死後に持っていくことができるのよ。

歩 「かけた情は水に流せ、受けた恩は石に刻め」って、よく言うけど……。

葵海 そうね。「人から受けた恩は忘れないように大切にしよう！」ということよ。
与えられた恩に感謝し、自分も同じように恩を与えていくことの大切さを伝えているわね。

他人の期待に応えない勇気

葵海 あなたたちはいつも、他人に対し「こうあるべき」という期待をし過ぎなの。

そして、他人から期待を押し付けられて生きているわ。

そのために自分自身と向き合う時間が減り、自分自身を見失っているわ。

特に若い子は、親や社会の期待に押しつぶされそうになる人も多い。

歩 期待に応えることは悪いこと？

葵海 いや。そう言っているのではないの。

あなたが、自分の人生を決めているのよ。

他人があなたの人生を決めている訳ではないし、他人があなたの人生を保証してくれる訳でもないわ。

あなたの人生は、あなた自身が自由と選択と責任を持つのよ。

そして、他人が評価するものでもないわ。

あなたの評価は、他の誰でもなくあなたが自身が行うものよ。

他人の評価は他人の数だけ存在するわ。

しかし、あなたからの真の評価は一つだけ。
だから、他人の評価なんて気にしなくていいの。
１００人いれば、１００通りの評価があるもの、だから気にする必要なんてないわ。

幸福にする自由と不幸にする自由

葵海　人生というのは、思い通りにはならない。
人生は苦難の連続である。だからこそ、成長でき、楽しめるの。
歩　苦難の連続では、「楽しむこと」よりもむしろ、「苦しむこと」が多いのではないかな？
葵海　苦があるからこそ、その後の幸せが存在するのよ。
たとえば、白色や金色の絵の具って、黒色の画用紙に塗ることで最も輝くことができるわね。
歩　まあ。なんか飛躍し過ぎている気がするけど……。

葵海 同じよ。釈迦は「この世は四苦八苦でできている」と言ったわ。しかし、悲観することはないわ。出来事に対する捉え方は人それぞれだけど、四苦八苦は苦しむために起きているのではなく、学びのために起きているからよ。

歩 四苦八苦は学びかあ。頭で分かっていても、なかなかそういう考えになれないなあ。

葵海 では、「感謝」という言葉の対義語って何か分かる?

歩 感謝の対義語……。傲慢や横柄とかかな。

葵海 違うわ。「感謝」の対義語は、「当たり前」や「無難」になるのよ。つまり、感謝の言葉である「ありがとう」は「めったに起こらないこと」とも言い換えられるわね。

歩 めったに起こらないから、「ありがとう」という気持ちになれるってことだね。

葵海 そうよ。じゃあ次に、「ありがとう」は「有難う」と書くけど、なぜ、「難が有る」と書いて、「ありがとう」と読むか分かるかしら?

歩 んー。難はない方がありがたいな。

でも、無難は「ありがとう」の対義語なんだよね。

葵海 たとえば、あなたが朝起きて、コップ一杯の水を飲むとする。

その時に、あなたは「ありがとう」という言葉を発する？

歩　いやーそれくらいのことでは、「ありがとう」なんて言わないよね。

葵海　でも、世界中で蛇口から安全に管理された飲み水を飲むことができる人たちはせいぜい75％くらいで、飲めない人は約21億人もいるのよ。

歩　意外と多いね。命の水が安全に飲めない人たちが25％もいるなんて……。

葵海　日本のように蛇口から安全に飲める水が提供されている国は15か国しかないの。未処理の地表水、たとえば湖や河川、用水路を飲み水として使用している人は約1億6000万人もいるわ。

歩　つまり、川の水などを直接飲んでいる人たちだよね。

葵海　そうよ。さらに、安全に管理されたトイレを利用できない人は約45億人よ。

歩　トイレが整備されていないと感染症の問題も生じるね。日本はその点で恵まれているんだね。もし、安全に水が飲めない人たちが日本に来て、朝にコップ一杯の水を飲んだ時、ものすごく感謝するだろうね。

葵海　そう。つまり、普段から困難がないと、誰も感謝の気持ちを持たなくなるのよ。普段経験しないこと、めったにないことを体験すると、人は感謝の情熱を感じることができるのよ。

当たり前と思った瞬間に、感謝の気持ちは薄れてしまうものよ。

そのため、「有ることが難しい」出来事は、感謝の心を思い出すために必要な瞬間であるとも言えるわ。

歩　なるほど。苦難は感謝のために存在するんだね。そう考えると、毎日の小さな出来事には、感謝や「ありがとう」がたくさん含まれるんだね。
同じ出来事でも、感謝や「ありがとう」を感じる人と感じない人がいるってことだね。

葵海　難が有っても、「ありがとう」。

難が無ければ、もっと「ありがとう」。

無難は奇跡なの。

起こる出来事はすべて捉え方次第よ。

どう捉えるかは、今のあなた自身に委ねられている。

身に起こる出来事に対し、幸福にする自由も、不幸にする自由も、あなた自身に等しく与えられているのよ。

歩　とても重要なことだね。

わたしたちは誰も一人で生きていない

歩　まさに、幸せの源泉は、自身の心からなんだね。

葵海　真実は一人一人の心の中にあるのよ。

そして、「心身一如」という言葉があるように、心も体も一体なの。

「病は気から」とも言うわね。体の不調は心に原因があるかもしれないってことよ。

もっと言えば、心と体と魂は三位一体なのよ。

歩　心と体と魂は三位一体とは？

葵海　心も体も魂との繋がりによって、不調にも好調にもなるということよ。

魂との繋がりを強くするのは、あなたの志や信念よ。

中村天風は「心身統一法」の中で、「心の態度を積極的にし、体の状態を健全に保つことで、健康で幸福な人生を堂々と歩むことができる」と言っていたわね。

そして、天風は、「偉大な『いのちの力』は生まれながら誰にでも与えられている」とし、最大限発揮するために、「宇宙真理（宇宙観、生命観、人生観）を自悟、自覚することが大切」と言ったわ。

歩 宇宙真理を自悟、自覚するって、どういう意味なんだろ。

葵海 まず、わたしたちは一人で生きていないということね。

人間は、お互いが支え合いながら、お互い様、お蔭様の関係で生きている。

そして人間は、人間だけでは生きていけないし、誰も一人で生きていないわ。

様々な自然によって生かされている。

歩 それは何となく分かるよ。

葵海 でも忘れている人が多いわ。

どんなに一人で生きていると思っていても、たとえば、食べる物一つとったとしても、
誰かが生産したものだわ。

お金を払って買ったものでも、それは他人がいなければ頂くことはできないのよ。

つまり、自分一人では誰も生きていくことはできないわ。

道元禅師は、「同事といふは不違（ふい）なり」と言ったわ。これは、「相手と自分は違う存在ではない。だから、相手の立場に立つことは大切だ」という意味ね。

歩 うん。そうだね。

葵海 同じように、自然界に動植物が存在していなければ、食べ物が無くなり誰も生きていけない。

動植物だけではなく、太陽や空気や水だって今と同じ状態を維持できなければ同じよね。

さらに言えば、目に見えない異次元世界の精靈たちも同じね。
みんながそれぞれ支え合って、存在できているのよ。
そういった当たり前の真理に気付くことね。

歩 すべての存在に感謝の気持ちを持つことが大切だね。

葵海 それなのに、人間は国家間で常に争っているわ。
まるで、自分の国だけを愛することが正義であるかのようにね。
なぜ自分の国は正義で、他国は悪役と見なせるのかしら。
他国が必ずしも悪とは限らないわ。いや、むしろ絶対的な悪なんて存在しないのよ。
自分の国は許し、他国を許せないというのは分離した意識だわ。
野生の動物は、国ごとに差別するかしら。
たとえば、日本の犬や猫は中国の犬や猫を嫌うかしら。

歩 動物は国籍なんて意識することがないよね。

葵海 そうよね。野生動物に国境なんてないわ。

「正義が愛である」というイメージ操作

葵海 一般的に、正義は愛であると考えられているけど、正義が愛ではないのよ。正義は悪魔を生むのよ。「悪魔＝開く間」となり、悪魔は両者の間に溝を作るわ。つまり、正義や悪魔は、争いや対立や分離を生み出すのよ。

「正義が愛である」というイメージ操作が、メディアや映画によって行われてきたのよ。

歩 へえー。愛国心とかそういう保守的な気持ちも同じなんだね。

では、愛って何なの？

葵海 愛とは、すべてを受け入れ、すべてを許し、すべてを包み込む気持ち。たとえるならば、親が子どもに対してかける無償の愛情ね。

条件なんて何もいらない。ただそこに存在してくれるだけで「ありがとう」という気持ちね。

すべてを受け入れ、すべてを許せるから、すべてを変容させる力があるものよ。分離された人や物、そして世界を重合し、統一するもの、それが愛よ！

この世に存在するものはすべて、愛で表現できるのよ。

歩 なるほど。ありがとう！

葵海 だから、万物の生命に感謝することね。わたしたちは、食物連鎖の頂点に位置し、一日三食を頂きながら、自らの命を紡いでいる。一年365日だと1095食、90歳まで生きるとすると、実に約10万食分の生命を頂いている。頂いた生命、生きとし生けるものすべてに魂が宿っている。そして、その魂は根源で繋がっており、潜在意識の深層には、調和やバランスを望む無意識層が存在する。それを理解していたら、国家間での紛争がいかに馬鹿げているか、ということに気が付けるはずだわ。

歩 そうだね！ 争いに加担してはいけないね。

和而不同の人と、付和雷同の人

葵海 次に大切なことは、中村天風が言っていた「宇宙観」でもそうだけど、宇宙的観点まで視野を広げることよ。

わたしたちは大宇宙の元にあり、大宇宙と共にあるのよ。

宇宙から地球を見たら、そこには国境も見えなければ、国々の優劣も見えず、ただ宝石のようにきれいな、一つの青い地球としか見えないわよね。

歩　そうだね。わたしたちは、近視眼的になり過ぎているのかもね。

宇宙観を養い、宇宙と一体になれば、その先に大宇宙のエネルギーを感じられるようになるってことだね。

葵海　最後に、「人生観」を持つことね。

わたしたちは、いまこの時代のこの地球に生まれてきて、何のために生きているかという考え方ね。

生きる使命、生きる目的、信念を持つことが大切ね。

今の人たちは、自分自分を見失っているわ。

論語でも、「和して同ぜず」という、とても大切な言葉があるわ。

人と協調はするが、道理に外れたようなことや、主体性を失うようなことはしないという意味ね。他人に迎合し過ぎず、自分にとって、何が正しいか、自分はどうありたいか、自分がどうしたいか。

結局は、自分の内側にすべての答えはあるのよ。自分で考え、自分で判断するのよ。

禅問答のように、自分に問い詰めることが大切ね。

今の日本人は、他人に迎合し過ぎよ。自分軸を見失わないことよ。協調することと、同調することは、似て非なるものよ。

歩　たしかに、「和而不同（わじふどう）」ではなく、「付和雷同（ふわらいどう）」になっている人たちが多いのかもしれないね。

葵海　他人の目を気にするあまり、間違っていることまで、周りと一緒にやってしまったら、それは人生観を失っていることと同じなのよ。

仮にそれが大多数派だったとしても、間違っているものは間違っていると自信を持って主張できなければいけないの。

「間違っていることにわたしは加担しない」という強い意志を持っていない人は、生きづらい新しい時代に入っているのよ。

多数派や少数派といった考えは、本来は関係ないわ。

少数派になりたくないからとか、周りと一緒の方が安心するからということで、誤っていることでも容認し、自分の意見や行動を押さえつけて、多数派につくとするならば、それはもう自分の人生を生きていないのと同じといえるわね。

歩の時代は、そういう人たちが子どもから大人まで多過ぎるのよ。

歩　そうかもね。そのことに気付くことこそが本当の目覚めなのかもね。

宇宙観、生命観、人生観を大切にするよ。

偏った思考や生活が人々を不幸にする

葵海　この世界はどうしても二元論でできているように見えるけど、本当はバランスでできているの。どちらも極端には偏っていないわね。

心と体、生と死、真実と幻想、善と悪、光と闇、この世とあの世、物質主義と精神主義、これらはどれも二極に分かれているように見えるが、本当はどちらも折り重なって存在しているわ。

つまり、両方の世界がバランスをとっているはずなの。

一方的に偏った思考や生活が、人々を不幸にしているという言い方もできて、考え方を中庸（ちゅうよう）に戻すことがあなたを幸せにするのよ。

歩　なるほど、偏った両極端の思考ではなく、中道の精神でいることが大切だね。

葵海　そうね。中庸は儒教や論語の言葉で、中道は仏教で使われていた言葉だけど、だいたい同じね。

孔子は『論語』に、「中庸の徳たるや、其れ至れるかな」という一節を残しており、これは「どちらにも片寄らない中庸の道は徳の最高指標である」という意味よ。

また、アリストテレスは、「メンテース（Golden mean＝中間）」という言葉を使い、倫理的な徳は「過剰と不足の中間の状態がバランスの良い状態」と言ったわ。

歩　中庸や中道の精神が幸福をもたらすのね。

葵海　仏教において、中道の境地は、八正道の実践をすれば得られる境地とされているわ。

・八正道（はっしょうどう）とは

1　正見（しょうけん）…真実や真理を見抜く力を養う。偏見から離れ、正しい見解を持つこと。如実知見（じょじつちけん）とも言い、事物や現象をありのままの状態で正確に理解し、認識すること。主観的な偏見や加工を排除し、客観的かつ真実に近い見識を持つこと。物事をその実相通りに見抜く能力や観察力が含まれ、客観的な視点から事実を冷静に把握することが求められる。

2　正思惟（しょうしゆい）…正しく考えや判断をすること。

3　正語（しょうご）…正しい言葉を使うこと。

4　正業（しょうごう）…殺生、盗みなどから遠ざかること。

5　正命（しょうみょう）…道徳に反する職業や仕事はせず、正当ななりわいをもって生活を営むこと。

6—正精進（しょうしょうじん）…四正勤（ししょうごん）である、「すでに起こった不善を断ずる」、「未来に起こる不善を起こらないようにする」、「過去に生じた善の増長」、「いまだ生じていない善を生じさせる」という四つの実践について努力すること。

7—正念（しょうねん）…常に今の内外の状況に気づいた状態でいること。マインドフルネスの状態でいること。

8—正定（しょうじょう）…正しい集中力を完成すること。サマディの状態でいること。心を一つの対象に集中し、心の散乱がない精神のこと。

歩　八正道は「煩悩をなくす修行」ってことになるのかな？

葵海　そうね。ブッタは、「八正道の実践で四諦が洞察でき、正見が得られる。八正道を理解すれば中道の境地も理解できる」と言っているのね。

煩悩を消滅した境地で、偏らないのが中道の境地よ。

「心の中の悪い煩悩を滅していくことが大事なこと」というのがブッタの教えね。

心には二つの感情が同時には入らない

歩 不安になったり欲に駆り立てられたりすることは、人間だからどうしてもあるよね。そういう時も、冷静に自分を客観視できるようになれれば良いね。

葵海 心には二つの感情が同時には入らないの。あなたは、嬉しい気持ちの時に、怒ることはある？

歩 嬉しい気持ちの時に、怒っていることはないかな。

葵海 同じように、楽しい気持ちでいれば、悲しみは生まれない。充実している時に、欲望は生まれない。感謝している時に、煩悩は生まれない。

歩 そっかあ。大欲非道な時は、感謝の念が心に入っていないんだね。つまり、欲しいものばかりに目を向けていると、心は満たされないってことだね。

葵海 そうよ。今は満たされない人が増えているわね。それは今の状態に対する感謝が足りないからという言い方もできるわね。今に感謝していれば、心は満たされて、幸福が訪れるのよ。

歩 なるほど。心には一つの感情しか存在することができないんだね。

葵海 そして、あなたが抱く感情は、まるで感染症のように、どんどん拡散して、この世界を満ち溢れさせていくの。

歩 感情は他人にも伝播するってこと?

葵海 心理学者のウイリアム・ジェームズは、「人は楽しいから笑うのではなく、笑うから楽しいんだ。怖いから逃げるんではなく、逃げるから怖くなるんだ」と言ったわ。

歩 感情が先なのではなく、行動が先ってことだね。

葵海 そして、心理学者のリチャード・ワイズマンは、「人間は行動によって感情が生まれる」という理論を確立し、これを「as if の法則」言ったわ。

歩 なるほど。「楽しくなりたければ笑う、幸せでありたければ今の幸せを感じる」ってことだね。

お金についても言えるのかな。「お金の不安を持つから、貧しくなる」ってことかな

葵海 そうね。それを繰り返すことで、自分自身もその自己イメージが定着し、結果、その自分を引き寄せるようになれるのよ。

「覚醒」にはなくて、「悟り」にあるもの

歩　現実を受け入れつつも、過度に不安になるのは避けた方がいいんだね。

葵海　不安の感情は意識しないと、どんどん心の中を占領しようとするものよ。意識をしなければ、心はすべて三毒を中心に煩悩にまみれたものとなってしまうのよ。三毒＝貪瞋癡（とんじんち）が意味するのは、いずれもわたしたちの心が自然と持ってしまっている心の動きなの。

だからこそ、煩悩を知り、煩悩を手放し、真理を得ることが大切ね。

・三毒とは
1―貪欲（とんよく）は、「むさぼり、必要以上に求める心」
2―瞋恚（しんに）は、「怒りの心、憎しみの心、妬みの心」
3―愚癡（ぐち）は、「真理に対する無知の心」
むさぼる気持ち、怒りの気持ち、悪い煩悩の感情が、一度心の中で生起してしまうと、十二支縁起の心と体の縁起の連鎖で、三毒が執着の渇愛になり増大

して、悪い気持ちの三毒『貪瞋癡』が自分の心を占領して、自分自身を飲み込んでしまう。

葵海 最近よく「目覚めの時代」なんて言われるけど、「覚醒」という言葉の対義語は何だか分かる?

歩 「眠りから覚める」の反対と捉えるなら、「催眠、睡眠、昏睡」だよね。あるいは、目覚めを「過ちに気付く」や「迷いから覚める」と捉えるなら、対義語は、「昏迷」や「洗脳」になるのかな?

葵海 違うわ。では、「覚醒」と「悟り」の違いは何だか分かる?

歩 悟りは仏教用語だよね。

葵海 覚醒は「過ちや迷いから目を覚ます」である一方、悟りは「真理に到達する」とか「物事の本質を捉える」ということよ。

歩 なるほど。つまり、真理に至らない目覚めは、悟りではなく覚醒ってことなんだね。

葵海 だから、「覚醒」の対義語は「無自覚」、「無意識」、「無感覚」、「無知」、「無関心」と言った概念も含まれるわね。

葵海 では次に、「煩悩」の対義語は分かる?

歩 なんだろ、「悟り」かな。

葵海 正解！ 正確には「正覚」という単語ね。

正しく目覚めるということだから、すなわち「真理を得た覚醒＝悟り」ね。

つまり、正しく目覚めていくためには、煩悩や自我をコントロールし、手放し、乗り越えていく必要があるのよ。

歩 なるほど。悟ることはなかなか難しそうだね。

「悟った人」に共通する特徴

葵海 作家でヒーラーのエリコ・ロウが翻訳した『「悟り」はあなたの脳をどのように変えるのか』という本の中で、とても興味深い実験が紹介されているわ。

この実験は、カリフォルニアのジェフリー・マーティン博士が「悟っている」または「覚醒している」とされる人々２５００人以上にコンタクトを取り、そのうち５００人に絞り、最終的に50人を選び出して面談を行ったものよ。

その結果、悟った人の特徴は以下のようだったと言っているわ。

1 男性が78%で、女性が22%だった。
2 平均年齢は53歳だった。
3 悟り、覚醒を初めて体験した平均年齢は41歳だった。
4 瞑想の実践者は86%で、瞑想を試したことがない人は14%だった。
5 自我の認識の変化が突然訪れた人は70%で、数日から数か月かかって訪れた人は30%だった。

歩 男性が圧倒的に多いんだね。それは意外だなあ。

葵海 また、悟りや覚醒の進み方は、以下の通りだったのよ。

1 通常の意識が徐々に変化していく。
2 自我の意識が徐々に薄れていく。
3 雑念や欲望が薄れ、人生をコントロールできると感じるようになる。
4 幸福感や安心感で充たされる。
5 最終的には、「人生はただ目の前を流れるだけ」という思いになり、コントロールしようとしなくなる。

歩 人生はただ目の前を流れているだけ……。なんか達観しているね。

葵海 要は、起こるべきことすべてが、必要であり、必然で起きているんだって思える感覚ね。

松下幸之助は、「この世に起こることはすべて必然で必要、そしてベストのタイミングで起こる」という名言を残しているわ。

歩 良くない出来事も後から見れば必要だったと感じることって多いよね。

葵海 そして、悟った人に共通する特徴は、「幸福感で満たされた状態」になっている人の割合がとても多いことが分かったのよ。

それはたとえば、宝くじが当たった、収入が増えた、片思いの人に告白したら両思いになった、仲間と飲み会で盛り上がった、などという出来事をベースにした幸福感ではなく、たとえ不幸があり苦しくても、心のベースには「これでいいんだ」という満たされた幸福感があるってことよ。

ジェフリー・マーティン博士は、この状態をファンダメンタル ウェルビーイング(fundamental well-being) と言ったわ。

日本語に直すと、「至福の状態」って感じかしらね。

歩 悟るとすべてが満たされている感じなんだろうね。

葵海 そして、認知の変化として、

1 「今」への集中が強くなる。

2 「今」目の前で起きていることを深く味わおうとする。

3- 三次元のものが二次元に見え、世界が止まったように見える。
4- 初期段階では、過去や未来の思考に引きずり込まれる。
としているわ。

歩 へえー。この世界が二次元に見えるようになるってのが、いまいち良く分からないな。

葵海 今への集中が強くなると、対象物との距離感が薄れ、時間の流れが消えるのよ。時間の感覚がなくなり、物体の存在も意識が薄らぎ、見ているものが平面的に感じられるようになるのよ。今に集中すると、過去の記憶に興味がなくなり、他人の結果にもまったく執着しなくなるのよ。
最終的には、他の生命や大いなる存在と一体感を感じることができるようになるわ。

歩 好きなことに集中している時って周りが見えない瞬間があるけど、そういう感覚なんだろうね。

マズローが提唱した6つ目の欲求

歩 悟った人は元の状態には戻らないのだろうか?

葵海 必ずしもそうとはえないけど、戻りにくい状態なのよ。アメリカの心理学者であるアブラハム・ハロルド・マズローが提唱したのは「5段階欲求」だけど、実は晩年にもう一つ上の欲求を発表していたのよ。

・マズローの5段階欲求

1 生理的欲求……最低限の生命維持をしたいという欲求
2 安全の欲求……身体的欲求や経済的欲求
3 社会的欲求……何らかの社会集団に所属して安心感を得たい、自分を受け入れてくれる他者と暮らしたいという欲求
4 承認の欲求……集団の中で高く評価されたい、能力を認めてもらいたいという欲求
5 自己実現欲求……自分にしかできないことをしたい、自分らしく生きたいとい

う欲求

歩　マズローが提唱した欲求は、５段階だけじゃないの？下の階層の欲求を満たすと、人は上の階層の欲求を追求する傾向があるんだよね。

葵海　６つ目の欲求ってのがあって、「自己超越の欲求」と呼ばれるものよ。これは、自己実現までの欲求を満たしている人が、他者や社会のために貢献したいと考え、見返りのない慈善的な行動に出ることね。これが悟りと同じような状態ね。６つ目は、５つの段階をすべて踏んでからたどり着いていくとされていて、特徴は次のとおりよ。

１－自我という感覚が薄れる。
２－頭の中の雑念が少なくなる。
３－雑念が少なくなるので、過去や未来に囚われなくなり、今を生きるようになる。
４－雑念に囚われないので、感情的にならない。
５－基本的にすべて大丈夫だという満たされた感覚にあふれている。

これに至ると、欠乏感や恐れといった感情に左右されず、それもまた人生と思えるようになるのよ。

歩　なるほど。ジェフリー・マーティン博士の研究と似たようなことを言っているんだね。

第四章　この地球で生きる目的

フィリピンのスモーキーマウンテンの子どもたち

葵海　話は変わるけど、フィリピンに通称「スモーキーマウンテン」と呼ばれるゴミ山があるのを知ってる?

歩　うん。たしか、アジアでも最貧地域のスラム街だよね。

葵海　ええ。そこには、働けない親の代わりに、少年少女が毎日12時間近くもゴミ山からゴミを漁り、空き缶やアルミニウム、ペットボトル、金属等を拾って、廃品回収業者に売ることで生計を立てているのよ。

　1日に日本円で500円程度を稼ぎ、家族全体を養っている子どもたちがいるの。まだ小学生になったばかりの子どももいて、学校へ通えずに働いている子たちもいるわ。

歩　1日12時間近く働いてもたった500円程度にしかならないんだね。

葵海　ゴミ山はものすごい悪臭が漂い、自然発火したり、大雨が降ると崩れたりもするし、劣悪な環境なので健康不良で苦しむ子どもも多いのよ。

　ゴミ収集車が来ると、皆が一斉に群がって、中にはゴミ収集車に巻き込まれて亡くなってしまう子どももいる。

治安もすごく悪く、タクシーや乗合バスですら近づかない。

歩　子どもが学校も通わずに働いているというのに、環境は劣悪だね。

葵海　今でこそ海外のNGOから支援が届くが、2000年くらいまでは最低限の生活をするのがやっとだったの。スモーキーマウンテンの子どもたちは、外に出たことがないから、働くことしか知らないわ。

おもちゃなんて持っていないし、テレビやラジオやゲームもない。

本も買えないどころか、字は読めないし書けない。

もちろん、どこかへ旅行へ行くことなんてできない。

だから、他の世界を知らない。

将来の希望も抱かなくなる。

歩　テレビどころか、新聞や本を見る機会もないのか。

だから、外界の世界は何も知らないいんだね。

葵海　両親が何らかの事情で働けず、毎日生きていくため、家族を支えるため、自分の食べ物や飲み物を我慢して、朝から晩まで学校にも行かずに働いている。

歩　そんな未成年が、日本以外にはたくさんいることを知らないといけないね。

葵海　世界には約1億2000万人以上の子どもが、学校も行けずに働いてるのよ。

こんなエピソードがあるわ。ある時、日本人からの取材班が、スモーキーマウンテンで働く少年少女にインタビューをしたの。

「あなたは生きていて幸せかい？」

そうしたら、その子たちはどう答えたと思う？

歩　そんな辛い状況だったら、死んだほうがましと思う子もいるかもしれない……。

葵海　そうね。でもその子はこう答えた。

「今が食べていけるから幸せよ」、「友達と休みの時間に遊べるから幸せ」とね。

なぜ、彼らが幸せを答えたか理解できるかな？

歩　その生活が当たり前だと思っているからかな。

葵海　そう。彼らは外界を知らないから、自分と他人を比べることがない。

比べなければ欲望は拡大しない。

そして、未来を不安視せず、ただ今を生きている。

歩　外の世界を知らず、今を生きている子たちは、毎日生きていられることに幸せを感じているんだね。

わたしたちも日々の小さな出来事に感謝していかなくてはいけないね。

心にかなうことを愛せずば、心にそむくこともなし

葵海　スモーキーマウンテンの子どもたちからも分かるように、子どもたちは皆、愛のエネルギーが強いわね。

まるで、光のかたまりのように見えるわ。

清らかな目をして、目の前にあるものすべてに興味を示し、何の疑いもなく行動に移そうとする。

あらゆるものを吸収し、成長の糧とする。

しかし、大人になると、好奇心は薄れ、猜疑心は膨らみ、愛を忘れてしまう。

歩　子どもたちは世界中どこでも愛にあふれているね。

葵海　生まれた時は皆、愛のエネルギーがとても強いの。

でも、学校生活や集団生活を通じて、常に他社と比べられたり、競争することが良いという間違った思考を植え付けられるわ。

競争に勝てた場合、親はとても褒めるでしょ。

負けたら「次は頑張って」って応援するよね。

そうやって、比較の社会を意識させているわ。

歩　子どもはいつも疑いもなく、純粋で、毎日を楽しんでるよね。

葵海　大人になっても、そのような無邪気で純粋な心を失わないことは、一番大切なんだよ。

「心にかなうことを愛せずば、心にそむこともなし」

仏教では、愛とは執着を示しているのよ。

歩　愛が執着とは？

葵海　人は誰しも、自分の気に入ったものに執着しなければ、意に背くことが生じるはずもない。

「愛着する心、執着する心から離れよ！」と禅語は述べているわ。

「福徳を求める欲望の強さと同じくらいの強さで、欲心を捨てよ！」とね。

歩　福徳を求める欲心と、それを放り投げる心は、表裏一体なんだね。

葵海　わたしたちは皆、元をたどれば一つの存在であり、その原点は神だから、わたしたちは神の子なのよ。

次元が落ち、波動が下がっていると感じにくいけど、愛を探しに来たの。

歩　分離から統合に意識が移ると、愛を知ることができ、学歴や社会的地位なんて関係なくなり、本当の幸福や自由を追い求めるようになるんだね。

葵海　自分が知りたかった本当の人生を探してね。

あなたが発するオーラの周波数、感じている周波数、思考している周波数、声に出す言葉の周波数、それぞれの周波数に近い周波数を引き寄せ、共鳴するようになっているわ。

愛と自由と赦しを求め、悪しき古い慣習、習慣、概念、偏見、空気に固執しないで。

歩　不必要なものを手放すと、手放した分だけ自分の世界に新しい伊吹が入り込むんだね。

葵海　波動を上げて、新しい世界に飛び込むほど、あなたの道は開かれ、導かれていくのよ。恐怖を手放して、疑いを解放して、理解してほしいという欲求を手放し、正しい道を進んでいけばいいのよ。

無用な存在はない。真実はいつも内側にある

葵海　大小や上下や優劣は関係ないのよ。

あなたたちは、存在そのものに意味があり、価値があるの。

もともと貴重で完璧な愛と光の存在だということを思い出してね。

「無用の用」とは、「一見役に立たないと思われるものが、実は大きな役割を果たしている」という意味で、老子や荘子が言った言葉ね。

また、「世の中の評価は変わりゆくから絶対的な価値なんて存在しない」という意味も込められているわ。

歩　なるほど。人の評価は、日々変わりうるものだよね。

葵海　今、あなたが評価されていなくても、いずれあなたを理解してくれる方が現れるのよ。だから、他人と自分を比較する必要なんてないわ。

出来事に一喜一憂せず、どこかで誰かの役に立っていることに自信を持ってね。

欠点や短所は、あなたの個性であり、失敗や挫折も、あなたは望んで計画してきたの。

なにも罪悪感を持つ必要はないわ。

あなたたちは無価値な存在であるはずがなく、一人ひとりが尊ぶべき存在よ。

歩　人生を快適に生きる上で大切なことってなんだろう。

葵海　人生を快適に生きる上で大切なことは、まず自分の魂の声を聴いてあげることなのよ。魂の声を聴くには、まず心の声を聴くこと。

そして、スピリチュアルとは、精神世界に深く関わる大きな力なので、あなたが間違った方向へ進もうとすると、警告など何らかの形で知らせてくれるのよ。

外側の情報は他人が作り出すもの。

しかし、あなたの内側はあなたしか知らない。あなたしか変えられない。

真実探しの旅に出るのであれば、内側に向かってみて！

歩　自分の内側にこそ、真実があるんだね。

葵海　あなたたちは、自分の生きる意味や使命を見つけ、他者に喜んでもらえるために、この星にやって来ているのよ。
自分にも他者にも素直に、そしてフラットに接すると未来が拓けてくるわ。

歩　大宇宙には、善悪や優劣、上下、常識や非常識というものは存在せず、物質社会であり競争社会である今の地球が、分離意識を体験するために、良かれと思って作られたんだね。

葵海　この物質社会で人々は、思い込みに支配されているということを、まず認識してね。

大宇宙は、すべてを含んだ一つの点から始まっていて、もともと魂はワンネスなのよ。

人間はどうしても主観で物事を見てしまいがちだけど、立場を変えて、視点を変えて、時代を変えてみることができれば、それは魂の領域（五次元の世界）に近づいているといえるわね。

物事の捉え方を俯瞰的に見ることができれば、争いも対立も減り、感情の起伏が小さくなり、ネガティブな出来事に対しても、ポジティブな出来事に対しても一喜一憂することが減るわ。

人類は徐々に、このような意識ができるように変化していくの。

新しい世界での生き方は、当たり前にそういう考え方ができるようになるのよ。

そのようにして、最終的には、自由、平等、平和で調和のとれた時代がやってくるの。

自分を偽らずに生きるか、生きるために人を欺くか

葵海　偽りは人を騙すことであると同時に、自分の心を騙すことでもある。

むきになって言い争いをすることは、相手を負かすことと同時に、自分の心をゆがめることでもあるの。

嘘も真実も、闇も光も晴れることはない。

歩の世界では最近、「闇の時代は終わり、光の時代が来る」とか「善の勢力が悪の勢力を成敗する」という極端な論調が出てきているようだけど、それは誤っているわ。

歩　え⁉　間違いなの？

葵海　いつの時代も、善悪どちらか、一方に偏るということはないの。もしあるとすれば、自分の心の中の悪が薄れていくのよ。薄い雲が取り払われて、やがて真実を照らす光が差してくる。今の地球文明はその状況にあるのよ。

歩　自分の心の中の悪が薄れていく？

葵海　自分の心に素直に従い、実直でありたいと思うこと。自分の心を偽ることはもちろんのこと、人を欺くこともするべきではないのね。自分を偽らずに生きるか、生きるために自分を偽り、人を欺くか。これからの地球人は、一見どちらも正しいかに思える、この二律背反で悩むこともあるわよね。

でも、内面の己の存在を知れば、偽ることと争うことを避けたいと思う境地に至るわ。

歩　自分も他人も許せるようになるってことだね。

葵海　そうね。そして、自らの意志に偽らないこと。主体性を失わず、むやみに同調しないことが必要ね。論語でも「君子は和して同ぜず、小人は同じて和せず」と言うわ。君子、つまり優れた人は、自分の意見をもってむやみに同調しないの。自分の意見や考えを大切にするということは、相手を粗末に扱うとはまるで違うのよ。

分離した自利と利他を統合する

歩　調和がとれている人は、自分に素直で正直なんだね。

葵海　そう。なぜならば、心の中の表と裏が一体だから。

表裏二元論で分かれず、感情の統合ができているから、自分を隠したり、我慢したりしないため、平穏な感情でいられるの。

素直だから、個性を思う存分に表現できるのよ。

いつでも、どこでも、ありのままの自分を見せることができ、自分らしくいられる。

誰かに批判されたり、否定されたりすることを恐れない。

そして、他者を自分と同じように扱い、フラットな目線でいられる。

だから、利己の精神ではなく、利他の精神でいられるのよ。

歩　利他の精神が大切なのは分かるけど、自分を大切にすることも大事だよね？

葵海　もちろんよ。利他の精神とは、「他者に良いことをする」と思っている人も多いけど、それは正鵠（せいこく）を射（い）ているともいえないわ。

歩　つまり、「利己的でないことが利他である」ということじゃないんだね。

葵海　平安時代における真言宗の開祖である空海が、「自利利他」と言って、「利他」と「自利」は切っても切れない関係にあるとしたわ。
「自利」こそが「利他」の土壌であるとすら、空海は考えたのよ。

歩　へえー。「自利」と「利他」は、一体なんだね。

葵海　そうよ。「心身一如」って言葉あるけど、「自他一如」という言葉もあって、自他は一体であると仏教は説いているわ。
また、「不二」は、決して二つにならない一つの存在という意味がある通り、東洋の伝統的な考えでは、自分と他人は深い根底で繋がっているという意味が元々はあるのよ。

歩　なるほど。利他精神とは、決して自己犠牲って意味ではないんだね。

葵海　どうしても日本人は、「自分より相手を立てなければいけない」とか、「自分を犠牲にしてでも相手に尽くさなければいけない」、「自分の都合や願望を主張するのは良くない」という考え方が根付いているね。

葵海　特に日本人は、「他人の幸せ」にばかりに囚われてしまい、自分自身が疎かになってしまうのよ。
人は皆、自分が愛（いと）おしいと思うことは当然のことであり、だからこそ、相手も自分を大切にしているのだから、お互いそれを大切にしていくべきなの。

つまり、自分を大切にして、それと同じように相手も大切にすることが「自利利他」精神なのよ。

歩　仏教では、自利と利他は分離せず一体なんだね。

ここでも統合意識が示されているんだね。

宇宙技術がディスクロージャーされる日

葵海　戦いや争いは同じ波動のレベルでしか起こらないの。

正確に言えば、違う波動の者同士でも戦っている時は、波動がそろっているのよ。

波動というのは、常々変化しているの。

普段「波長が合わない」と思っている人でも、論争している時は波長がそろっている。

歩　最近ブームになっている格闘技も同じなんだろうね。類は友を呼ぶって言うしね。

葵海　自分は、相手が悪いと思って、正義感を持って争っていても、お互いの波動は同じなのよ。戦争も同じよ。

争いという低い波動に引き寄せられないためには、離れることが大切よ。

決して暴力や暴動で正義を主張してはいけないわ。

なぜ、世界で戦争が絶えないかといえば、人類が愛の波動を忘れているからよ。

戦いは分離の意識であり、統合意識になる時、調和が訪れるのよ。

でも大丈夫。眠りの人生から、目覚めの人生を選択する人たちが増えてきているわ。

時代の変化のスピードが、日に日に加速しているのよ。

人類の覚醒、悟りがどんどん進んでいるわ。

歩　そうだね。

葵海　そして、これからはいろいろな悪事が暴かれていくのよ。

デクラス（Declassified＝機密解除）と一般的に言われているわね。

それから、宇宙の真実も徐々にディスクロージャー（Disclosure＝情報開示）されていくわ。だから楽しみにしててね。

一方で、未だに眠りの人生を謳歌している人たちもいるわ。

その人たちの中には、これまでの社会が継続していく人もいるわ。どこかのタイミングで、目覚めるきっかけに出会い、目覚めの人生を歩み出す人もいるわ。

人は、それぞれタイムラインが違うからそれでいいの。

目覚めの人生と眠りの人生は、どちらが正しいということはないわ。

歩　それぞれのタイミングで目覚めていくんだね。

葵海　科学技術はこれからもどんどん進展していくわ。

むしろ、量子コンピュータが登場して、加速度を増して進展していくわ。

量子コンピュータはスーパーコンピュータの15億倍以上の性能があるの。

量子コンピュータの完成により、嘘や隠し事はすべて暴かれることになるわ。

量子コンピュータの完成目途は２０２９年頃よ。

それに合わせ、社会のデジタル化は急速に発展し、国民の意識も進化していくのよ。

嘘、偽り、隠し事のない黄金の世界がいずれやってくるの。

時代の変化のスピードに、あなたも着いて行ってね。

歩　うん。幸せな人生をみんな過ごしたいんだ。

葵海　あなたたちはいつでもパラレルワールドを移行し、幸せな人生を実現することができるのよ。

自分が体験する世界は、すべて自分の内面がつくり出していることを知って欲しいわ。

誰かのせいで不機嫌になっているのではなく、自分が作り出していることを受け入れて、自分の選択に１００％責任を持って欲しいわ。

歩　不幸な世界を変えられるのは、他の誰でもなく自分自身なんだね。

葵海　そうよ。自分が放つ幸せなフォトン（光の素粒子）は、自分の意識で量も質も変えられることを知って。

あなたたちは、もともと何でもできる、愛と光の存在よ。

光の存在であるあなたは、存在自体がすでに誰かの役に立っているのよ。

実現を後押しするハイヤーセルフや守護霊がいることを信じて。

あなたは今すぐに、幸せな世界に移動できるのよ。

この世界は、複数の世界線が同時に展開しているの。

パラパラ漫画のようなものなのよ。

自由意志によってニヒリズムや永劫回帰を克服できる

葵海　自分の望まない出来事は、過去世とのバランスによって起こっているのよ。
それは個人レベルでも、集団レベルでも、地球レベルでも同じよ。

歩　カルマはバランスなんでしょ？

葵海　そうね。なぜなら、大宇宙には周期があり、常にバランスを保つ働きがあるからよ。
たとえば、太陽活動には周期性があり、活動期と停滞期によって地球は影響を受け、歴史的にみると温暖化と寒冷化を繰り返している。

歩　太陽や地球だってバイオリズムがあり、それらが調和しているから、この世界がバランスを保っていいんだね。

葵海　この大宇宙には、「常にバランスを保つ力が働く」というとてもシンプルかつ絶対的な法則があるのよ。

さっき話した、「中庸」や「中道」という考え方も同じね。

この考え方は、物理学にも見ることができ、左に行き過ぎたものは均衡を取ろうとして、必ず右にぶれようとする働きが加わり、均衡状態になる「ルシャトリエの法則」とも言うわ。こうしたバランスをとろうとする力は、万物すべてに共通し、わたしたち人生にも言えることなの。

宇宙に存在するあらゆるものの構造は、「陰」と「陽」の二極からなり、お互いバランスを保ち、全体を均衡させる力が働くのよ。

西洋文明が行き過ぎれば、逆の東洋文明を進める目に見えない力が働くことも同じだし、物質主義が行き過ぎれば、逆の精神主義を進める目に見えない力が働く事も同じだわ。今ある現在の状態は、過去の積み重ねの上にあり、そして今この瞬間の積み重ねの先に未来があるのよ。

そして、バランスは循環によって起こるの。

それは渦のような螺旋構造の形をしており、すなわち成長や発展の形をしているのよ。

歩　黄金比やカタカムナ文字も螺旋構造だね。

葵海　ドイツの哲学者であるフリードヒ・ニーチェといえば、『ツァラトゥストラはかく語りき』のニヒリズム（虚無主義）が有名だけど、永劫回帰の思想からこう述べているわ。

「人生には終わりはない。今の生が終わったとしてもまた同じ人生を永遠に繰り返すことになり、人間はこのサイクルから決して逃れることはできない」

この永劫回帰の思想から「人生には何の意味もない」、「すべて無価値である」というニヒリズムが生まれたの。

歩　でも、「人間の存在や人生には本質的に価値がない」という虚無主義的考え方だと、どうやって生きる意義を見出せばいいのか……。

葵海　そうね。ニーチェは虚無主義的考え方を克服することにも言及していて、「人は超人として生きることで、永劫回帰的な生を克服することができる」としているわ。

この「超人」という考えは、永劫回帰かつニヒリズムの中で生きていく上で、自分なりの価値観や考えをしっかりと持ち、自分のルールに従って生きることができる人間を指しているわ。

つまり、人は同じことを何度も繰り返すけど、発展や成長することに意味があると説いているのよ。

歩　すなわち、この螺旋構造がバランスであり、循環なんだね。

また、同じことを繰り返す中で、人は何か新しい発見を見つけ、成長していくんだね。

そして、自由意志を持って、ニーチェのいう「超人」になることで、自分の人生を望む方向へ進めていくことができるんだね。

葵海　そうね。素粒子は意識を向けたところに集まる習性があり、意識の正体も、素粒子なのだから、未来は自分の今の意識がつくり出していると言えるわ。

未来は、無限に続く不連続のあなたの今の選択によって決まるのよ。

その真理に気付けば、望んだ未来を創造できるの。

自由意志を行使する時、あなたの世界線は変わるのよ。

すでに未来人はたくさん地球に来ている

世界最大級のメガロシティ首都東京で起きた首都南部直下地震から、約４週間が経過した。

体育館に避難していた人々の過酷な日々が、ようやくひとつの節目を迎えた。

初めの数日間は、混乱と不安に支配され、体育館の中は緊迫感に包まれていた。

しかし、時間が経つにつれ、国内の多くの自衛隊、全国の消防隊、水道応援隊などの尽力や国内外からの物資支援により、希望の光が日に日に大きくなっていた。

街の中心にある商店や医療施設も、少しずつ営業を再開していた。

全国からボランティアたちが、家々の片付けや支援活動に奔走し、日本は復興への第一歩を踏み出していた。

地元の小学校では、子供たちが仮設校舎で勉強を再開し、日常が戻りつつあった。

まるで、１９５０年の戦後の復興の時のように、荒廃した街並みが徐々に力強さを取り戻していくように感じ、過去の栄光を讃える歴史が頭をよぎった。

思えば、日本は震災復興の度に力強く成長してきた。

災害や戦乱が押し寄せるたび、国民一丸となり、困難に立ち向かい、再び立ち上がり、力強い国土を創ってきたのである。

何度も何度も試練を経て、日本はその度に変革し、成長してきた。

その時だった……。

男性　人は、試練の度に成長するものだ……。

人生は常苦常楽！　一喜一苦に囚われるのではなく、喜びも苦しみも受け入れ、その中で平静な心を保つことが重要ですよ……。

どこかで聞いたことがあるような声がした。

振り返ると、ソプラノサックスを吹いていた彼がそこにいた。

歩　その声は……。

懐かしい声に驚き、何とか言葉を絞り出そうとしていると、彼は力強く自らの髪の毛を引っ張り出した。
すると、ゴム製のフェイスマスクが取れ、中から「火星から来た老人」が顔を出した。

歩　え⁉

葵海　随分、登場が遅いわね。

老人　異なる世界線から来たもの同士が重なると、いろいろと厄介ですからね。それに、君たちの雰囲気を見ていたら声がかけづらくてね。

歩　ってことは、葵海は知っていたってこと？

葵海　最初から分かっていたわ。

老人　この時代の人たちは、まだ見た目で判断し過ぎなんじゃよ。この世界は、見えない部分が95％を占めていると伝えましたよね？

歩　それにしてもよくできたフェイスマスクだなあ。こんな薄くて、丈夫で、伸縮性があるゴムは見たことないや。でも、呼吸はしづらいんじゃない？

老人　アバターだから、息はしてないですよ。

歩　そっか……。
葵海　ゴムマスク人間はこの世界に結構来ているのよ。
歩　何だって⁉
老人　まあ、自ら言わないから、皆が気付いていないですね。
歩　どうやって識別するの？　鼻の穴や耳の穴が不自然だから？
老人　そんなところを注意深く見ても、分からない時は分からないですよ。
そうではなく、真実を見抜くには常日頃から第六感を磨くことじゃな。
歩　一点素心や虚心坦懐だったよね。
心が曇っていると真実も見えなくなるんだよね。
老人　世俗に囚われない純粋な心で、見るのではなく感じるのじゃよ。
これを、心眼や慧眼（けいがん）と言いますよ。
歩　そっかあ。あれからもう5年も経つけど、まだまだ、アセンションには程遠いみたいだ。
老人　あははは。

レインボーチルドレンが愛の波動を放つとき

葵海　直感を磨き、見えない真実を感じることはとても大切ね！

宇宙的観点に立って出来事を見られる地球人が、これからはたくさん生まれてくるわ。

最近はレインボーチルドレンの子たちがたくさんこの地球に来ていて、あなたたちのアセンションを手助けしているのよ。

・レインボーチルドレンとは
地球人の次元を上昇させるために愛と調和のエネルギーを持って生まれてきた子どもたちのこと。
前世が地球人でないケースも多く、他の惑星から応援に来ている。
インディゴチルドレンは１９７５年～１９９２年頃に生まれたスターシード
クリスタルチルドレンは１９９３年～２０１０年頃に生まれたスターシード
レインボーチルドレンは２０１１年～２０２８年頃に生まれたスターシード
・レインボーチルドレンの特徴

1　第六感にさえ、テレパシー能力がある子もいる。
2　澄んだ瞳で曇りがない。
3　穏やかで争いごとを嫌い、平和を好む性格である。
4　物質やお金に対するこだわりが少ない。
5　何事にも覚えが速い。
6　飛びぬけた特技を持っていることがある。
7　歌、ダンス、芸術が好き。
8　生まれつきポジティブシンキングの傾向がある。
9　生まれつき他人をいたわる気持ちを持っている。

歩　レインボーチルドレンもインディゴチルドレンやクリスタルチルドレンと同じくスターシードなんだね。

葵海　そうよ。スターシードの魂グループの第一世代がインディゴチルドレンで、第二世代がクリスタルチルドレンで、第三世代がレインボーチルドレンなの。
レインボーチルドレンは、他の二種類よりも愛と調和と希望と幸福により満ちた魂たちなのよ。彼らは存在するだけで周りを癒し、安らぎを与えてくれる存在だから、地球人を先導して、次元上昇に導いてくれるのよ。

歩　スターシードは他の星から転生して、地球人を先導しに来たんだね。

葵海　そうね。今の地球に転生して、地球の霊性レベルを引き上げることに貢献したいという願いを持って生まれてきたのよ。

老人　スターシードたちも生まれながらに覚醒している訳ではなく、より自分らしく生きることで、自分の使命を思い出し、輝いて生きていくことができるんですよ。

覚醒の時期というは一人一人違っていて、それぞれのタイムラインがあるんです。

そして、時間が経つにつれ、ある人が目覚め、他の人への目覚めが促され、拡散は広がり、波及していくんですよ。

一度眠りのステージから覚醒のステージへ上り始めた人たちは、もう戻ることはないんです。

たしかに、悪が思考操作をしていることもあるでしょう。工作活動があったり、印象操作をしたり、アルゴリズムを変えて誘導していることもあるでしょう。

しかし、地球人が目覚めのステージに入った以上は、もう後戻りすることはないんですよ。

葵海　太陽から降り注ぐ、高次元の太陽エネルギーも日を追って強くなっているわ。

人類のチャクラの活性化、ＤＮＡの活性化、細胞のアップグレードをサポートしている存在や集団がいるのよ！

葵海は腕時計に視線を移してゆっくりと続けた。


葵海　そろそろ時間ね。

最期に、今の地球人に伝えたいことがあるわ。

マトリックスを脱出して、自由を獲得し、自分自身の人生を存分に生きて！

そのことで、クリスタルの封印が解かれ、純粋な高次意識のエネルギーが開かれ、人生が拓けていくわ。

肉体は借り物であり、人生に終わりはないわ。

たとえるならば、あなたの肉体はレンタカーで、魂がドライバーであり、守護霊や指導霊は同乗者よ。今回の人生は車の旅のようなものであり、あなたの自我の暴走は自動運転のようなものよ。

だから、自我をコントロールして、同乗者と共に、楽しく意味ある人生を送ってほしいわ。宇宙、神、根源、高次意識が、あなたたちにエネルギーを継続して送っているわ。

直感を信じて、自分らしく生きて！

老人　地球は魂の学校ですよ！

葵海　政治やマスコミはいつも恐れを植え付けようとするけど、もう、恐れを手放していい時なのよ。

愛の波動は恐怖を打ち砕くのよ。
自分自身と繋がっていれば、正しい道へと導かれるはずよ。
自分が誰なのか、そして、本当の自分とは何かについて深く向き合って考えてみてね。

葵海と老人　それでは……。

急に突風が吹いたかと思うと、二人の姿は見えなくなった。
歩は、まるで夢を見ているような不思議な感覚に包まれていた。
もしかしたら、今、世界線が変わったのかな……。
ふと、そのような感覚がしたが、もはや気にする必要はないと感じた。
不安感が薄れ、爽快感や幸福感で満ちていた。
首都東京が再建され、明るい未来が広がる様子を想像し、微かな笑みが顔を彩った。

この物語はフィクションです。
登場する人物や名称等は架空であり、
実在の人物や団体等とは関係ありません。

【著者紹介】

なると
成龍杜

1979年、埼玉県生まれ。
株式会社なると未来書店 代表取締役社長。
オンラインで、サロン「なると塾」、教育事業「キッズスクール」を主宰。
大学卒業後、官公庁に18年間勤め、40歳で独立し、現在は、講演家、著述家、心理カウンセラー、プライベートバンカーとして活動
心理カウンセリングをしながら、人生の自己実現や願望、奇跡を実現するためのセミナーや講演会を行う。
著書に、『意識革命～幸せも成功もすべてあなたの意識から生まれる～』『2072年から来た未来人と魂の教室（上巻）』『新世界で未来を拓く新しい生き方(神様からの伝言111）』『今を生きる365日』
講演、セミナー等は会社HPにて　https://naruto777.com
Twitter　「成龍杜」　https://twitter.com/rutoo
YouTube　「なるとアカデミー」、「なると波動チャンネル」

新世界で未来を拓く新しい生き方
～神様からの伝言 111～

○次元上昇するための１１１の
「なるとスペシャルメッセージ」
○神さまに愛される生き方
○勇気が出るメッセージ
○いますぐ幸福になれるメッセージ
○自己実現が叶うメッセージ
○全国書店、Amazon、楽天など
で購入可能
2,200円（税込）

2072年から来た未来人と魂の教室（上巻）

○タイムトラベルの原理
○時間は存在しない
○第三次世界大戦の行方
○第四次産業革命の真意
○生まれてきた意味
○コロナウイルスは救世主
○眠りと目覚めのサイクル
○全国書店、Amazon、楽天など
で購入可能
2,200円（税込）

2072年から来た
未来人と魂の教室 下巻

第１版発行	2024年4月17日
著　者	**成龍杜（なると）**
発行者	**成龍杜（なると）**
発行所／発売所	株式会社なると未来書店
	https://naruto777.com/
印　刷／製　本	シナノ書籍印刷株式会社

ISBN 978-4-9912870-3-9